我的父亲母亲

民国大家笔下的父母

齐明月 编

中国言实出版社

图书在版编目（CIP）数据

我的父亲母亲：民国大家笔下的父母 / 齐明月编. —北京：中国言实出版社，2014.4

ISBN 978-7-5171-0499-5

Ⅰ. ①我… Ⅱ. ①齐… Ⅲ. ①散文集—中国—现代 Ⅳ. ①I266

中国版本图书馆 CIP 数据核字（2014）第 059706 号

责任编辑：郭江妮

出版发行 中国言实出版社

地　址：北京市朝阳区北苑路 180 号加利大厦 5 号楼 105 室

邮　编：100101

编辑部：北京市西城区百万庄大街甲 16 号五层

邮　编：100037

电　话：64924853（总编室）　64924716（发行部）

网　址：www.zgyscbs.cn

E-mail：zgyscbs@263.net

经　　销 新华书店

印　　刷 北京毅峰迅捷印刷有限公司

版　　次 2014 年 6 月第 1 版　2024 年 1 月第 2 次印刷

规　　格 880 毫米×1230 毫米　1/32　10.5 印张

字　　数 191 千字

定　　价 46.00 元　ISBN 978-7-5171-0499-5

前　言

编辑部开会，不知谁说了一句："出一本写父母的书吧，他们是我们最初也是最后的老师，而我们这一代，好像缺少了对父母的顾念。"一时间，大家都沉默了，气氛有些沉重，好像这么一句简单的话，因了某个契机，一下子就戳中了大家内心深处那个最柔软的角落。之后，没有分配任务，大家都竭尽所能地去搜寻相关的文章，一篇一篇地罗列，一篇一篇地翻阅，很多时候，一篇文章甚至被大家读上十多遍，眼睛红了，鼻子酸了，然后叨念："原来他们是那么的令我们骄傲和倾慕。别等到来不及的时候，才想起他们的好，才想起对他们好。"

这便是我们编纂这部书稿的初衷。

在选录文章的过程中，大家取舍艰难，篇篇都是珍品，篇篇都舍不得放弃，最终，我们决定选录一些上世纪初文学大家的文章，这不仅是对我们上辈人乃至上上辈人的缅怀和纪念，也是对亲情的一种归依和顾念，更是在温习那个年代那种最为朴素的爱与恩中，找回我们失落多时的情感。我们并不是想呼吁什么，只是希望我们生活在当下的每一个人，都能看到给予我们生命的源头，那里，住着的是一直、从未放弃爱护和牵挂我们的双亲。

儿女大了，总归是要单飞的。每一次相聚，每一次分离，长大的我们昂头在前面大步流星，而年迈的他们蹒跚送出好远却不肯转身。年轻的我们总是很不以为然，想着又不是再也不见，何必如此伤感。但是，真的有一天就成了再也不见。

于是，不管我们再怎样离开，都不会有人为我们留恋、挂牵和等待了。

于是，我们哀痛，悔不当初，为什么不肯拿出一点时间来陪伴他们，为什么不能停下来等一等他们那蹒跚的脚步。

于是，我们才真正明白了龙应台在《目送》中写的那段话："我慢慢地、慢慢地了解到，所谓父女母子一场，只不过意味着，你和他的缘分就是今生今世不断地在目送他的背影渐行渐远。你站立在小路的这一端，看着他逐渐消失在小路转弯的地方，而且，他用背影告诉你：不必追。"

那么我们呢，是否也能及时懂得，拍拍他们的肩说一句：不必怕，我们都在呢。

谨以此书作为礼物，在这个春暖的季节，送给我们的父亲母亲，及我们自己。思念还太遥远，让我们在来得及的时光里，给予他们陪伴。

编　者

目　录

父亲的病

鲁　迅

大约十多年前吧，S 城中曾经盛传过一个名医的故事：

他出诊原来是一元四角，特拔十元，深夜加倍，出城又加倍。有一夜，一家城外人家的闺女生急病，来请他了，因为他其时已经阔得不耐烦，便非一百元不去。他们只得都依他。待去时，却只是草草地一看，说道“不要紧的”，开一张方，拿了一百元就走。那病家似乎很有钱，第二天又来请了。他一到门，只见主人笑面承迎，道，“昨晚服了先生的药，好得多了，所以再请你来复诊一回。”仍旧引到房里，老妈子便将病人的手拉出帐外来。他一按，冷冰冰的，也没有脉，于是点点头道，“唔，这病我明白了。”从从容容走到桌前，取了药方纸，提笔写道：

“凭票付英洋壹百元正。”下面是署名，画押。

“先生，这病看来很不轻了，用药怕还得重一点罢。”主人在背后说。

“可以，”他说。于是另开了一张方：

“凭票付英洋贰百元正。”下面仍是署名，画押。

这样，主人就收了药方，很客气地送他出来了。

我曾经和这名医周旋过两整年，因为他隔日一回，来诊我的父亲的病。那时虽然已经很有名，但还不至于阔得这样不耐烦；可是诊金却已经是一元四角。现在的都市上，诊金一次十元并不算奇，可是那时是一元四角已是巨款，很不容易张罗的了；又何况是隔日一次。他大概的确有些特别，据舆论说，用药就与众不同。我不知道药品，所觉得的，就是“药引”的难得，新方一换，就得忙一大场。先买药，再寻药引。“生姜”两片，竹叶十片去尖，他是不用的了。起码是芦根，须到河边去掘；一到经霜三年的甘蔗，便至少也得搜寻两三天。可是说也奇怪，大约后来总没有购求不到的。

据舆论说，神妙就在这地方。先前有一个病人，百药无效；待到遇见了什么叶天士先生，只在旧方上加了一味药引：梧桐叶。只一服，便霍然而愈了。“医者，意也。”其时是秋天，而梧桐先知秋气。其先百药不投，今以秋气动之，以气感气，所以……我虽然并不了然，但也十分佩服，知道凡有灵药，一定是很不容易得到的，求仙的人，甚至于还要拼了性命，跑进深山里去采呢。

这样有两年，渐渐地熟识，几乎是朋友了。父亲的水肿是逐日利害，将要不能起床；我对于经霜三年的甘蔗之流也逐渐失了信仰，采办药引似乎再没有先前一般踊跃了。正在这时候，他有一天来诊，问过病状，便极其诚恳地说：

“我所有的学问，都用尽了。这里还有一位陈莲河先生，本领比我高。我荐他来看一看，我可以写一封信。可是，病是不要紧的，不过经他的手，可以格外好得快……”

这一天似乎大家都有些不欢，仍然由我恭敬地送他上轿。进来时，看见父亲的脸色很异样，和大家谈论，大意是说自己的病大概没有希望的了。他因为看了两年，毫无效验，脸又太熟了，未免有些难以为情，所以等到危急时候，便荐一个生手自代，和自己完全脱了干系。但另外有什么法子呢？本城的名医，除他之外，实在也只有一个陈莲河了。明天就请陈莲河。

陈莲河的诊金也是一元四角。但前回的名医的脸是圆而胖的，他却长而胖了：这一点颇不同。还有用药也不同。前回的名医是一个人还可以办的，这一回却是一个人有些办不妥帖了，因为他一张药方上，总兼有一种特别的丸散和一种奇特的药引。

芦根和经霜三年的甘蔗，他就从来没有用过。最平常的是“蟋蟀一对”，旁注小字道：“要原配，即本在一窠中者。”似乎昆虫也要贞节，续弦或再醮，连做药资格也丧失了。但这差使在我并不为难，走进百草园，十对也容易得，将它们用线一缚，活活地掷入沸汤中完事。然而还有“平地木十株”呢，这可谁也不知道是什么东西了，问药店，问乡下人，问卖草药的，问老年人，问读书人，问木匠，都只是摇摇头，临末才记起了那远房的叔祖，爱种一点花木的老人，跑去一问，他果然知道。是生在山中树下的一种小树，能结红子如小珊瑚珠的，普通都称为“老弗大”。

“踏破铁鞋无觅处，得来全不费功夫。”药引寻到了，然而还有一种特别的丸药：败鼓皮丸。这“败鼓皮丸”就是用打破的旧鼓皮做成；水肿一名鼓胀，一用打破的鼓皮自然就可以克伏他。清朝的刚毅因为憎恨“洋鬼子”，预备打他们，练了些兵称作“虎神营”，取虎能食羊，神能伏鬼的意思，也就是这道理。可惜这一种神药，全城中只有一家出售的，离我家就有五里，但这却不象平地木那样，必须暗中摸索了，陈莲河先生开方之后，就恳切详细地给我们说明。

“我有一种丹，”有一回陈莲河先生说，“点在舌上，我想一定可以见效。因为舌乃心之灵苗……价钱也并不贵，只要两块钱一盒……”

我父亲沉思了一会，摇摇头。

“我这样用药还会不大见效，”有一回陈莲河先生又说，“我想，可以请人看一看，可有什么冤愆……医能医病，不能医命，对不对？自然，这也许是前世的事……”

我的父亲沉思了一会，摇摇头。

凡国手，都能够起死回生的，我们走过医生的门前，常可以看见这样的扁额。现在是让步一点了，连医生自己也说道：“西医长于外科，中医长于内科。”但是S城那时不但没有西医，并且谁也还没有想到天下有所谓西医，因此无论什么，都只能由轩辕岐伯的嫡派门徒包办。轩辕时候是巫医不分的，所以直到现在，他的门徒就还见鬼，而且觉得“舌乃心之灵苗”。这就是中国人的“命”，连名医也无从医治的。

不肯用灵丹点在舌头上，又想不出“冤愆”来，自然，单吃了一百多天的“败鼓皮丸”有什么用呢？依然打不破水肿，父亲终于躺在床上喘气了。还请一回陈莲河先生，这回是特拔，大洋十元。他仍旧泰然的开了一张方，但已停止败鼓皮丸不用，药引也不很神妙了，所以只消半天，药就煎好，灌下去，却从口角上回了出来。

从此我便不再和陈莲河先生周旋，只在街上有时看见他坐在三名轿夫的快轿里飞一般抬过；听说他现在还康健，一面行医，一面还做中医什么学报，正在和只长于外科的西医奋斗哩。

中西的思想确乎有一点不同。听说中国的孝子们，一到将要“罪孽深重祸延父母”的时候，就买几斤人参，煎汤灌下去，希望父母多喘几天气，即使半天也好。我的一位教医学的先生却教给我医生的职务道：可医的应该给他医治，不可医的应该给他死得没有痛苦。——但这先生自然是西医。

父亲的喘气颇长久，连我也听得很吃力，然而谁也不能帮助他。我有时竟至于电光一闪似的想道："还是快一点喘完了罢……"立刻觉得这思想就不该，就是犯了罪；但同时又觉得这思想实在是正当的，我很爱我的父亲。便是现在，也还是这样想。

早晨，住在一门里的衍太太进来了。她是一个精通礼节的妇人，说我们不应该空等着。于是给他换衣服；又将纸锭和一种什么《高王经》烧成灰，用纸包了给他捏在拳头里……

"叫呀，你父亲要断气了。快叫呀！"衍太太说。

"父亲！父亲！"我就叫起来。

"大声！他听不见。还不快叫?!"

"父亲!!! 父亲!!!"

他已经平静下去的脸，忽然紧张了，将眼微微一睁，仿佛有一些苦痛。

"叫呀！快叫呀！"她催促说。

"父亲!!!"

“什么呢？……不要嚷。……不……”他低低地说，又较急地喘着气，好一会，这才复了原状，平静下去了。

“父亲!!!”我还叫他，一直到他咽了气。

我现在还听到那时的自己的这声音，每听到时，就觉得这却是我对于父亲的最大的错处。

我的母亲

胡　适

我小时身体弱，不能跟着野蛮的孩子们一块儿玩。我母亲也不准我和他们乱跑乱跳。小时不曾养成活泼游戏的习惯，无论在什么地方，我总是文绉绉的。所以家乡老辈都说我“像个先生样子”，遂叫我做“穈先生”。这个绰号叫出去之后，人都知道三先生的小儿子叫做穈先生了。即有“先生”之名，我不能不装出点“先生”样子，更不能跟着顽童们“野”了。有一天，我在我家八字门口和一班孩子“掷铜钱”，一位老辈走过，见了我，笑道：“穈先生也掷铜钱吗?”我听了羞愧得面红耳热，觉得大失了“先生”身份!

大人们鼓励我装先生样子，我也没有嬉戏的能力和习惯，又因为我确是喜欢看书，故我一生可算是不曾享过儿童游戏的生活。每年秋天，我的庶祖母同我到田里去“监割”（顶好的田，水旱无忧，收成最好，佃户每约田主来监割，打下谷子，两家平分），我总是坐在小树下看小说。十一二岁时，我稍活泼一点，居然和一群同学组织了一个戏剧班，做了一些木刀竹枪，借得了几副假胡须，就在村口田里做戏。我做的往往是诸葛亮，刘备一类的文角儿；只有一次我做史文恭，被花荣一箭从椅子上射倒下去，这算是我最活泼的玩艺儿了。

我在这九年（一八九五——一九〇四）之中，只学得了读书写字两件事。在文字和思想的方面，不能不算是打了一点底子。但别的方面都没有发展的机会。有一次我们村“当朋”（八都凡五村，称为“五朋”，每年一村轮着做太子会，名为“当朋”）筹备太子会，有人提议要派我加入前村的昆腔队里学习吹笙或吹笛。族里长辈反对，说我年纪太小，不能跟着太子会走遍五朋。于是我便失掉了学习音乐的唯一机会。三十年来，我不曾拿过乐器，也全不懂音乐；究竟我有没有一点学音乐的天资，我至今不知道。至于学图画，更是不可能的事。我常常用竹纸蒙在小说书的石印绘像上，摹画书上的英雄美人。有一天，被先生看见了，挨了一顿大骂，抽屉里的图画都被搜出撕毁了。于是我又失掉了学做画家的机会。

但这九年的生活，除了读书看书之外，究竟给了我一点做人的训练。在这一点上，我的恩师便是我的慈母。

每天天刚亮时，我母亲便把我喊醒，叫我披衣坐起。我从不知道她醒来坐了多久了。她看我清醒了，便对我说昨天我做错了什么事，说错了什么话，要我认错，要我用功读书。有时候她对我说父亲的种种好处，她说：“你总要踏上你老子的脚步。我一生只晓得这一个完全的人，你要学他，不要跌他的股。”（跌股便是丢脸出丑。）她说到伤心处，往往掉下泪来。到天大明时，她才把我的衣服穿好，催我去上早学。学堂门上的锁匙放在先生家里；我先到学堂门口一望，便跑到先生家里去敲门。先生家里有人把锁匙从门缝里递出来，我拿了跑回去，开了门，坐下念生书，十天之中，总有八九天我是第一个去开学堂门的。等到先生来了，我背了生书，才回家吃早饭。

我母亲管束我最严，她是慈母兼任严父。但她从来不在别人面前骂我一句，打我一下，我做错了事，她只对我一望，我看见了她的严厉眼光，便吓住了。犯的事小，她等到第二天早晨我睡醒时才教训我。犯的事大，她等到晚上人静时，关了房门，先责备我，然后行罚，或罚跪，或拧我的肉。无论怎样重罚，总不许我哭出声音来，她教训儿子不是借此出气叫别人听的。

有一个初秋的傍晚，我吃了晚饭，在门口玩，身上只穿着一件单背心。这时候我母亲的妹子玉英姨母在我家住，她怕我冷了，拿了一件小衫出来叫我穿上。我不肯穿，她说："穿上吧，凉了。"我随口回答："娘（凉）什么！老子都不老子呀。"我刚说了这句话，一抬头，看见母亲从家里走出，我赶快把小衫穿上。但她已听见这句轻薄的话了。晚上人静后，她罚我跪下，重重的责罚了一顿。她说："你没了老子，是多么得意的事！好用来说嘴！"她气得坐着发抖，也不许我上床去睡。我跪着哭，用手擦眼泪，不知擦进了什么微菌，后来足足害了一年多的翳病。医来医去，总医不好。我母亲心里又悔又急，听说眼翳可以用舌头舔去，有一夜她把我叫醒，她真用舌头舔我的病眼。这是我的严师，我的慈母。

我母亲二十三岁做了寡妇，又是当家的后母。这种生活的痛苦，我的笨笔写不出一万分之一二。家中财政本不宽裕，全靠二哥在上海经营调度。大哥从小便是败子，吸鸦片烟、赌博，钱到手就光，光了便回家打主意，见了香炉便拿出去卖，捞着锡茶壶便拿出押。我母亲几次邀了本家长辈来，给他定下每月用费的数目。但他总不够用，到处都欠下烟债赌债。每年除夕我家中总有一大群讨债的，每人一盏灯笼，坐在大厅上不肯去。大哥早已避出去了。大厅的两排椅子上满满的都是灯笼和债主。我母亲走进走出，料理年夜饭，谢灶神，压岁钱等事，只当作不曾看见这一群人。到了近半夜，快要“封门”了，我母亲才走后门出去，央一位邻居本家到我家来，每一家债户开发一点钱。做好做歹的，这一群讨债的才一个一个提着灯笼走出去。一会儿，大哥敲门回来了。我母亲从不骂他一句。并且因为是新年，她脸上从不露出一点怒色。这样的过年，我过了六七次。

大嫂是个最无能而又最不懂事的人，二嫂是个能干而气量很窄小的人。她们常常闹意见，只因为我母亲的和气榜样，她们还不曾有公然相骂相打的事。她们闹气时，只是不说话，不答话，把脸放下来，叫人难看；二嫂生气时，脸色变青，更是怕人。她们对我母亲闹气时，也是如此，我起初全不懂得这一套，后来也渐渐懂得看人的脸色了。我渐渐明白，世间最可厌恶的事莫如一张生气的脸；世间最下流的事莫如把生气的脸摆给旁人看，这比打骂还难受。

我母亲的气量大，性子好，又因为做了后母后婆，她更事事留心，事事格外容忍。大哥的女儿比我只小一岁，她的饮食衣服总是和我的一样。我和她有小争执，总是我吃亏，母亲总是责备我，要我事事让她。后来大嫂二嫂都生了儿子了，她们生气时便打骂孩子来出气，一面打，一面用尖刻有刺的话骂给别人听。我母亲只装做不听见。有时候，她实在忍不住了，便悄悄走出门去，或到左邻立大嫂家去坐一会，或走后门到后邻度嫂家去闲谈。她从不和两个嫂子吵一句嘴。

每个嫂子一生气，往往十天半个月不歇，天天走进走出，板着脸，咬着嘴，打骂小孩子出气。我母亲只忍耐着，到实在不可再忍的一天，她也有她的法子。这一天的天明时，她便不起床，轻轻的哭一场。她不骂一个人，只哭她的丈夫，哭她自己苦命，留不住她丈夫来照管她。她先哭时，声音很低，渐渐哭出声来。我醒了起来劝她，她不肯住。这时候，我总听得见前堂（二嫂住前堂东房）或后堂（大嫂住后堂西房）有一扇房门开了，一个嫂子走出房向厨房走去。不多一会，那位嫂子来敲我们的房门了。我开了房门，她走进来，捧着一碗热茶，送到我母亲床前，劝她止哭，请她喝口热茶。我母亲慢慢停住哭声，伸手接了茶碗。那位嫂子站着劝一会，才退出去。没有一句话提到什么人，也没有一个字提到这十天半个月来的气脸，然而各人心里明白，泡茶进来的嫂子总是那十天半个月来闹气的人。奇怪的很，这一哭之后，至少有一两个月的太平清静日子了。

我母亲待人最仁慈，最温和，从来没有一句伤人感情的话；但她有时候也很有刚气，不受一点人格上的侮辱。我家五叔是个无正业的浪人，有一天在烟馆里发牢骚，说我母亲家中有事总请某人帮忙，大概总有什么好处给他。这句话传到了我母亲耳朵里，她气得大哭，请了几位本家来，把五叔喊来，她当面质问他，她给了某人什么好处。直到五叔当众认错赔罪，她才罢休。

我在我母亲的教训之下住了九年，受了她的极大极深的影响。我十四岁（其实只有十二零二、三个月）便离开她了，在这广漠的人海里独自混了二十多年，没有一个人管束过我。如果我学得了一丝一毫的好脾气，如果我学得了一点点待人接物的和气，如果我能宽恕人，体谅人，——我都得感谢我的慈母。

芭蕉花

郭沫若

这是我五六岁时的事情了。我现在想起了我的母亲，突然记起了这段故事。

我的母亲六十六年前是生在贵州省黄平州的。我的外祖父杜琢章公是当时黄平州的州官。到任不久，便遇到苗民起事，致使城池失守，外祖父手刃了四岁的四姨，在公堂上自尽了。外祖母和七岁的三姨跳进州署的池子里殉了节，所用的男工女婢也大都殉难了。我们的母亲那时才满一岁。刘奶妈把我们的母亲背着已经跳进了池子，但又逃了出来。在途中遇着过两次匪难，第一次被劫去了金银首饰，第二次被劫去了身上的衣服。忠义的刘奶妈在农人家里讨了些稻草来遮身，仍然背着母亲逃难。逃到后来遇着赴援的官军才得了解救。最初流到贵州省城，其次又流到云南省城，倚人庐下，受了种种的虐待，但是忠义的刘奶妈始终是保护着我们的母亲。直到母亲满了四岁，大舅赴黄平收尸，便道往云南，才把母亲和刘奶妈带回了四川。

母亲在幼年时分是遭受过这样不幸的人。

母亲在十五岁的时候到了我们家里来，我们现存的兄弟姊妹共有八人，听说还死了一兄三姐。那时候我们的家道寒微，一切炊洗洒扫要和妯娌分担，母亲又多子息，更受了不少的累赘。

白日里家务奔忙，到晚来背着弟弟在菜油灯下洗尿布的光景，我在小时还亲眼见过。我至今也还记得。

母亲因为这样过于劳苦的原故，身子是异常衰弱的，每年交秋的时候总要晕倒一回，在旧时称为“晕病”，但在现在想来，这怕是在产褥中，因为摄养不良的关系所生出的子宫病罢。

晕病发了的时候，母亲倒睡在床上，终日只是呻吟呕吐，饭不消说是不能吃的，有时候连茶也几乎不能进口。

像这样要经过两个礼拜的光景，又才渐渐回复起来，完全是害了一场大病一样。

芭蕉花的故事是和这晕病关连着的。

在我们四川的乡下，相传这芭蕉花是治晕病的良药。母亲发了病时，我们便要四处托人去购买芭蕉花。但这芭蕉花是不容易购买的。因为芭蕉在我们四川很不容易开花，开了花时乡里人都视为祥瑞，不肯轻易摘卖。好容易买得了一朵芭蕉花了，在我们小的时候，要管两只肥鸡的价钱呢。

芭蕉花买来了，但是花瓣是没有用的，可用的只是瓣里的蕉子。蕉子在已经形成了果实的时候也是没有用的，中用的只是蕉子几乎还是雌蕊的阶段，一朵花上实在是采不出许多的这样的蕉子来。

这样的蕉子是一点也不好吃的，我们吃过香蕉的人，如以为吃那蕉子怕会和吃香蕉一样，那是大错而特错了。有一回母亲吃蕉子的时候，在床边上挟过一箸给我，简直是涩得不能入口。

芭蕉花的故事便是和我母亲的晕病关连着的。

我们四川人大约是外省人居多，在张献忠剿了四川以后，四川人有句话说：“张献忠剿四川，杀得鸡犬不留”——在清初时期好像有过一个很大的移民运动。外省籍的四川人各有各的会馆，便是极小的乡镇也都是有的。

我们的祖宗原是福建的人，在河州府的宁化县，听说还有我们的同族住在那里。我们的祖宗正是在清初时分入了四川的，卜居在峨眉山下一个小小的村里。我们福建人的会馆是天后宫，供的是一位女神叫做“天后圣母”。这天后宫在我们村里也有一座。

那是我五六岁时候的事了。我们的母亲又发了晕病。我同我的二哥，他比我要大四岁，同到天后宫去。那天后宫离我们家里不过半里路光景，里面有一座散馆，是福建人子弟读书的地方。我们去的时候散馆已经放了假，大概是中秋前后了。我们隔着窗看见散馆园内的一簇芭蕉，其中有一株刚好开着一朵大黄花，就像尖瓣的莲花一样。我们是欢喜极了。那时候我们家里正在找芭蕉花，但在四处都找不出。我们商量着便翻过窗去摘取那朵芭蕉花。窗子也不过三四尺高的光景，但我那时还不能翻过，是我二哥擎我过去的。我们两人好容易把花苞摘了下来，二哥怕人看见，把来藏在衣袂下同路回去。回到家里了，二哥叫我把花苞拿去献给母亲。我捧着跑到母亲的床前，母亲问我是从甚么地方拿来的，我便直说是在天后宫掏来的。我母亲听了便大大地生气，她立地叫我们跪在床前，只是连连叹气地说：“啊，娘生下了你们这样不争气的孩子，为娘的倒不如病死的好了！”我们都哭了，但我也不知为甚么事情要哭。不一会父亲晓得了，他又把我们拉去跪在大堂上的祖宗面前打了我们一阵。我挨掌心是这一回才开始的，我至今也还记得。

我们一面挨打，一面伤心。但我不知道为甚么该讨我父亲、母亲的气。母亲病了要吃芭蕉花，在别处园子里掏了一朵回来，为甚么就犯了这样大的过错呢，芭蕉花没有用，抱去奉还了天后圣母，大约是在圣母的神座前干掉了罢？

这样的一段故事，我现在一想到母亲，无端地便涌上了心来。我现在离家已十二三年，值此新秋，又是风雨飘摇的深夜，天涯羁客不胜落寞的情怀，思念着母亲，我一阵阵鼻酸眼胀。

啊，母亲，我慈爱的母亲哟！你儿子已经到了中年，在海外已自娶妻生子了。幼年时摘取芭蕉花的故事，为甚么使我父亲、母亲那样的伤心，我现在是早已知道了。但是，我正因为知道了，竟失掉了我摘取芭蕉花的自信和勇气。这难道是进步吗？

父亲梁巨川

梁漱溟

我父亲天资不高，但秉性笃实。他做学问没有过人的才思，做事情更不以才略见长。他心里相当精明，但很少见之于行事。他为别人最不可及之处，是意趣超俗，满腔热忱，一身侠骨，不肯随俗浮沉。因其并非天资高明的人，所以思想不超脱；因其秉性笃实而用心精细，所以遇事认真；因其具有豪情侠气，所以行为只是端正，而并不拘谨。他最看重事功，而不重视学问，古人所说“不耻恶衣恶食，而耻匹夫匹妇不被其泽”的话，正好点出我父亲一副心肠。我最初的思想和做人，受父亲影响最大者，就在这里。

我有一个哥哥，两个妹妹，兄妹共四人，我排行第二。父亲对我们是宽大和慈祥的，尤其对我。儿时记忆，大哥挨父亲的打，仅有几次，被厉声训斥的事很少；而我则一次挨打的事也没有发生过。我小时候既呆笨，又执拗，应属“该打”之列，但父亲却对我绝少正言厉色的教训。父亲对我的教育，与其说是教训，毋宁说是提醒和暗示。我儿时完全没有感觉到来自严父的一种精神上的压力和威迫，他从未以端凝严肃的神气对待儿童或少年。

有这么一件印象极深的小事。大约在我八九岁时，我自己积蓄得一小串钱（用麻线贯串之铜钱），常挂在身边玩。有一天忽然不见，各处询问，并向家人吵闹，终不可得。隔天父亲在庭前桃树枝上发现，心知是我自己遗忘。他不斥责，亦不喊我来看，却铺纸写了一段话，大意是说他有一小儿自己将钱挂在树上，却到处询问，吵闹不休。如此糊涂，真不应该。写完后交与我看，亦不做声。我跑去一探即得，随后不禁自愧，追悔自己的举动。

这桩事很能说明父亲对我的管教方法。在我七八岁至十二三岁之间，我所受父亲的教诲，大体上有三个方面：一是听他讲戏。父亲平日喜欢看戏，常以戏中的故事、人物讲给儿女们听；孩子们也常随他去看戏，但大都似懂非懂。再是同他上街，购买日用品或办一些零碎事，借此练习经理事务，懂得社会人情。三是经常听他对我们生活和做人的告诫。例如关于清洁卫生及如何照料身体，如何尊长爱幼等事，他都极为耐心而细致地嘱告我们。到我十四岁以后，渐渐有了自已的思想见解，或发于言论，或见诸行事。父亲认为好的，便明示或暗示鼓励；不同意的，也只是让我知道他不同意而已，却从不加以干涉或制止。当我十七岁和十八九岁时，有些关系颇大而与他见解相左之事（如我加入京津同盟会，参加辛亥年革命党的活动），他仍不加干涉。就在父亲的这种不干涉之中，我自以为是，自以为非，逐渐形成独立思考的习惯，成就了我一生的自学，自进，自强。

落花生

许地山

我们屋后有半亩隙地。母亲说："让它荒芜着怪可惜，既然你们那么爱吃花生，就辟来做花生园罢。"我们几姊弟和几个小丫头都很喜欢——买种的买种，动土的动土，灌园的灌园；过不了几个月，居然收获了！

妈妈说："今年我们可以做一个收获节，也请你们爹爹来尝尝我们的新花生，如何？"我们都答应了。母亲把花生做成好几样的食品，还吩咐这节期要在园里的茅亭举行。

那晚上的天色不大好，可是爹爹也到来，实在很难得！爹爹说："你们爱吃花生么？"

我们都争着答应："爱!"

"谁能把花生的好处说出来?"

姊姊说："花生的气味很美。"

哥哥说："花生可以制油。"

我说："无论何等人都可以用贱价买它来吃；都喜欢吃它。这就是它的好处。"

爹爹说："花生的用处固然很多；但有一样是很可贵的。这小小的豆不像那好看的苹果、桃子、石榴，把它们的果实悬在枝上，鲜红嫩绿的颜色，令人一望而发生羡慕之心。它只把果子埋在地底，等到成熟，人们才把它挖出来。你们偶然看见一棵花生瑟缩地长在地上，不能立刻辨出它有没有果实，非得等到你接触它才能知道。"

我们都说："是的。"母亲也点点头。爹爹接下去说："所以你们要像花生，因为它是有用的，不是伟大，好看的东西。"我说："那么，人要做有用的人，不要做伟大、体面的人了。"爹爹说："这是我对于你们的希望。"

我们谈到夜阑才散，所有花生食品虽然没有了，然而父亲的话现在还印在我心版上。

我的母亲

邹韬奋

说起我的母亲，我只知道她是“浙江海宁查氏”，至今不知道她有什么名字！这件小事也可表示今昔时代的不同。现在的女子未出嫁的固然很“勇敢”地公开着她的名字，就是出嫁了的，也一样地公开着她的名字。不久以前，出嫁后的女子还大多数要在自己的姓上面加上丈夫的姓；通常人们的姓名只有三个字，嫁后女子的姓名往往有四个字。

在我年幼的时候，知道担任商务印书馆出版的《妇女杂志》笔政的朱胡彬夏，在当时算是有革命性的“前进的”女子了，她反抗了家里替她订的旧式婚姻，以致她的顽固的叔父宣言要用手枪打死她，但是她却仍在“胡”字上面加着一个“朱”字！近来的女子就有很多在嫁后仍只由自己的姓名，不加不减。这意义表示女子渐渐地有着她们自己的独立的地位，不是属于任何人所有的了。但是在我的母亲的时代，不但不能学“朱胡彬夏”的用法，简直根本就好像没有名字！我说“好像”，因为那时的女子也未尝没有名字，但在实际上似乎就用不着。

像我的母亲，我听见她的娘家的人们叫她做“十六小姐”男家大家族里的人们叫她做“十四少奶”，后来我的父亲做官，人们便叫做“太太”始终没有用她自己名字的机会！我觉得这种情形也可以暗示妇女在封建社会里所处的地位。

我的母亲在我十三岁的时候就去世了。我生的那一年是在九月里生的，她死的那一年是在五月里死的，所以我们母子两人在实际上相聚的时候只有十一年零九个月。我在这篇文里对于母亲的零星追忆，只是这十一年里的前尘影事。

我现在所能记得的最初对于母亲的印象，大约在两三岁的时候。我记得有一天夜里，我独自一人睡在床上，由梦里醒来，朦胧中睁开眼睛，模糊中看见由垂着的帐门射进来的微微的灯光。在这微微的灯光里瞥见一个青年妇人拉开帐门，微笑着把我抱起来。她嘴里叫我什么，并对我说了什么，现在都记不清了，只记得她把我负在她的背上，跑到一个灯光灿烂人影憧憧往来的大客厅里，走来走去“巡阅”着。大概是元宵吧，这大客厅里除有不少成人谈笑着外，有二三十个孩童提着各色各样的纸灯，里面燃着蜡烛，三五成群地跑着玩。我此时伏在母亲的背上，半醒半睡似的微张着眼看这个，望那个。那时我的父亲还在和祖父同住，过着“少爷”的生活；父亲有十来个弟兄，有好几个都结了婚，所以这大家族里看着这么多的孩子。母亲也做了这大家族里的一分子。她十五岁就出嫁，十六岁那年养我，这个时候才十七八岁。我由现在追想当时伏在她的背上睡眼惺松所见着的她的容态，还感觉到她的活泼的欢悦的柔和的青春的美。我生平所见过的女子，我的母亲是最美的一个，就是当时伏在母亲背上的我，也能觉到在那个大客厅里许多妇女里面：没有一个及得到母亲的可爱。我现在想来，大概在我睡在房里的时候，母亲看见许多孩子玩灯热闹，便想起了我，也许蹑手蹑脚到我床前看了好几次，见我醒了，便负我出去一饱眼福。这是我对母亲最初的感觉，虽则在当时的幼稚脑袋里当然不知道什么叫做母爱。

后来祖父年老告退，父亲自己带着家眷在福州做候补官。我当时大概有了五六岁，比我小两岁的二弟已生了。家里除父亲母亲和这个小弟弟外，只有母亲由娘家带来的一个青年女仆，名叫妹仔。“做官”似乎怪好听，但是当时父亲赤手空拳出来做官，家里一贫如洗。我还记得，父亲一天到晚不在家里，大概是到“官场”里“应酬”去了，家里没有米下锅；妹仔替我们到附近施米给穷人的一个大庙里去领“仓米”，要先在庙前人山人海里面拥挤着领到竹签，然后拿着竹签再从挤得水泄不通的人群中，带着粗布袋挤到里面去领米；母亲在家里横抱着哭涕着的二弟踱来踱去，我在旁坐在一只小椅上呆呆地望着母亲，当时不知道这就是穷的景象，只诧异着母亲的脸何以那样苍白，她那样静寂无语地好像有着满腔无处诉的心事。妹仔和母亲非常亲热，她们竟好像母女，共患难，直到母亲病得将死的时候，她还是不肯离开她，把孝女自居，寝食俱废地照顾着母亲。

母亲喜欢看小说，那些旧小说，她常常把所看的内容讲给妹仔听。她讲得媚媚动听，妹仔听着忽而笑容满面，忽而愁眉双锁。章回的长篇小说一下讲不完，妹仔就很不耐地等着母亲再看下去，看后再讲给她听。往往讲到孤女患难，或义妇含冤的凄惨的情形，她两人便都热泪盈眶，泪珠尽往颊上涌流着。那时的我立在旁边瞧着，莫名其妙，心里不明白她们为什么那样无缘无故地挥泪痛哭一顿，和在上面看到穷的景象一样地不明白其所以然。现在想来，才感觉到母亲的情感的丰富，并觉得她的讲故事能那样地感动着妹仔。如果母亲生在现在，有机会把自己造成一个教员，必可成为一个循循善诱的良师。

我六岁的时候，由父亲自己为我“发蒙”，读的是《三字经》，第一天上的课是“人之初，性本善；性相近，习相远。”一点儿莫名其妙！一个人坐在一个小客厅的炕床上“朗诵”了半天，苦不堪言！母亲觉得非请一位“西席”老夫子，总教不好，所以家里虽一贫如洗，情愿节衣缩食，把省下的钱请一位老夫子。说来可笑，第一个请来的这位老夫子，每月束修只须四块大洋（当然供膳宿），虽则这四块大洋，在母亲已是一件很费筹措的事情。我到十岁的时候，读的是“孟子见梁惠王”，教师的每月束修已加到十二元，算增加了三倍。到年底的时候，父亲要“清算”我平日的功课，在夜里亲自听我背书，很严厉，桌上放着一根两指阔的竹板。我的背向着他立着背书，背不出的时候，他提一个字，就叫我回转身来把手掌展放在桌上，他拿起这根竹板很重地打下来。我吃了这一下苦头，痛是血肉的身体所无法避免的感觉，当然失声地哭了，但是还要忍住哭，回过身去再背。不幸又有一处中断，背不下去，经他再提一字，再打一下。呜呜咽咽地背着那位前世冤家的“见梁惠王”的“孟子”！

我自己呜咽着背，同时听得见坐在旁边缝纫着的母亲也唏唏嘘嘘地泪如泉涌地哭着。

我心里知道她见我被打，她也觉得好像刺心的痛苦，和我表着十二分的同情，但她却时时从呜咽着的断断续续的声音里勉强说着“打得好”！她的饮泣吞声，为的是爱她的儿子；勉强硬着头皮说声“打得好”，为的是希望她的儿子上进。由现在看来，这样的教育方法真是野蛮之至！但于我不敢怪我的母亲，因为那个时候就只有这样野蛮的教育法；如今想起母亲见我被打，陪着我一同哭，那样的母爱，仍然使我感念着我的慈爱的母亲。背完了半本“梁惠王”，右手掌打得发肿有半寸高，偷向灯光中一照，通亮，好像满肚子装着已成熟的丝的蚕身一样。母亲含着泪抱我上床，轻轻把被窝盖上，向我额上吻了几吻。

当我八岁的时候，二弟六岁，还有一个妹妹三岁。三个人的衣服鞋袜，没有一件不是母亲自己做的。她还时常收到一些外面的女红来做，所以很忙。我在七八岁时，看见母亲那样辛苦，心里已知道感觉不安。记得有一个夏天的深夜，我忽然从睡梦中醒了起来，因为我的床背就紧接着母亲的床背，所以从帐里望得见母亲独自一人在灯下做鞋底，我心里又想起母亲的劳苦，辗转反侧睡不着，很想起来陪陪母亲。但是小孩子深夜不好好的睡，是要受到大人的责备的，就说是要起来陪陪母亲，一定也要被申斥几句，万不会被准许的（这至少是当时我的心理），于是想出一个借口来试试看，便叫声母亲，说太热睡不着，要起来坐一会儿。出乎我意料之外的，母亲居然许我起来坐在她的身边。我眼巴巴地望着她额上的汗珠往下流，手上一针不停地做着布鞋——做给我穿的。这时万籁俱寂，只听到滴搭的钟声，和可以微闻得到的母亲的呼吸。我心里暗自想念着，为着我要穿鞋，累母亲深夜工作不休，心上感到说不出的歉疚，又感到坐着陪陪母亲，似乎可以减轻些心里的不安成分。当时一肚子里充满着这些心事，却不敢对母亲说出一句。才坐了一会儿，又被母亲赶上床去睡觉，她说小孩子不好好的睡，起来干什么！现在我的母亲不在了，她始终不知道她这个小儿子心里有过这样的一段不敢说出的心理状态。

母亲死的时候才廿九岁，留下了三男三女。在临终的那一夜，她神志非常清楚，忍泪叫着一个一个子女嘱咐一番。她临去最舍不得的就是她这一群的子女。

我的母亲只是一个平凡的母亲，但是我觉得她的可爱的性格，她的努力的精神，她的能干的才具，都埋没在封建社会的一个家族里，都葬送在没有什么意义的事务上，否则她一定可以成为社会上一个更有贡献的分子。我也觉得，像我的母亲这样被埋没葬送掉的女子不知有多少！

父亲的三年之病

茅　盾

前已说过，父亲在杭州乡试时得了疟疾，用奎宁治疗，回家后又生过小病；接着是长寿舅父的去世，父亲和母亲在外祖母家住了将近一个月，父亲先回家，就有低烧，盗汗，他自己开个方子服了几帖，也不见效。接着是母亲也回家了，她看见父亲脸上气色，觉得不妙，问是什么病，父亲自己说，也还在摸索。总之，不是什么伤风感冒之类。这就见得问题复杂了。父亲自己开方，用的是温补之药。母亲认为此番的病是考试时服了西药，把疟疾遏止，余势未消之故。母亲争辩说："我没学过医，可是常听爸爸说，疟疾宜表不宜遏。"父亲却相信奎宁治疟并不是什么遏止。

母亲见父亲不听，便写了几封信，请外祖父的门生（包括姚圯塘）来给父亲会诊。来了七、八个人，倒有一大半是和母亲的看法大致相同。姚医生的看法却和我父亲差不多。最后，取了折中办法，仍用原方，加一二味表药。服了三、四帖，不见坏，也不见好。父亲还是天天气来，只是觉得容易疲劳而已。渐渐地，母亲也不那么焦急了，觉得这不是急病，拖个把月，慢慢打听有什么神医，大概不会误事。

因为母亲说要打听有什么神医，祖父、祖母却想起十几年前的一件事情。原来父亲幼时（大概九、十岁）曾患一场怪病，也是经常有低烧，有盗汗，那时也是众医束手；拖了半年多，忽然听说本镇到了一个和尚（他是镇上某富户托人请来看病的），精于太素脉，善治疑难病症。当时托人请这和尚来诊视，开了个方子，说可以长服，一个月后当见效，否则，也就不必再服，可到杭州某寺找他。照方服了一个月，果然有效，守着这个方子服了半年，病完全好了，这个方子当时藏在一方大砚台下。大砚台在楼下书房（即祖父教几个儿子侄儿读书那间房），母亲去找，果然方子还在，还有当年和尚留下的他在杭州的住处。母亲高兴极了，就同父亲商量，如何派人到杭州找和尚。父亲说，和尚云游，时隔十多年，知他还在杭州否，不如先照和尚方子服几帖再说。可是母亲瞒着父亲写个字条送给宝珠，叫她想法。随即阿秀来了，说外祖母正在设法，好端要弄个明白：那和尚是否还在。

父亲服了那方子，果然有效。盗汗止了，低烧时有时无。母亲认为这和尚真有本事，更加盼望能找到他。

但就在这时候，我的弟弟（那时虚数三岁）忽然病了；父亲开方，吃了没有用。而弟弟之病来势甚猛，三、五天就不进饮食。母亲又通知了外祖父的那些门生。于是又来会诊，改变前方，另拟新剂，服了二帖，仍然无效，病儿却渐呼吸都很微弱。母亲决心请她的六叔（渭卿）来治。考虑到老人家久已不诊病，母亲就自己去请，说，好歹拉他来一趟，母亲坐了船去，希望原船接回渭老。父亲的那些师兄师弟，此时天天都来会诊，看见“师妹”亲自去请渭老，他们都坐着等待。他们一边等，一边同父亲谈弟弟的病，一边传观和尚那张方子，都说，怎么方子上只开病情不作判断，又说看他一手字，便知是“老斲轮手”。从午时等到太阳西斜，方见粟香进来，大家都心里说，“这回连师妹也请不动了么”，可又见母亲扶着渭老慢慢进来。这一下，登时热闹起来。茶点早已摆起，渭老上坐，听父亲简单明了地报告弟弟其病及医治过程，问了句“到今天是第八天了”，然后细看了前后各方，就由母亲扶着，父亲与粟香相随，都上楼去了。看过病儿，渭老下楼来立即开方，寥寥几行字，搁笔，对父亲和母亲说：“死马当活马医罢。”

父亲等看了方子，都大惊失色，原来这方子同他们连日的方子全然不同，其中用量最重的两味药是东瓜子，东瓜皮（这里，我是完全根据母亲对我所说记下来的。母亲在事隔七、八年后对我讲这件事时，也说不清弟弟患的是什么病，也只记得渭老开的方子中间有这两味药）。

渭老走后，父亲的师兄师弟们都还不走，议论纷纷，可是母亲已经叫人抓药，煎好立即服下。客人们都佩服这位“师妹”真有决断，也都告辞，说明天来听好消息，——实际他们心里是怀疑的。

那晚上，弟弟居然睡得安稳。半夜醒来，居然说肚子饿了。连服三帖，病已痊愈。母亲连忙写信，与父亲连名，感谢渭老。正想派人送去，忽然阿秀进来了，随后是宝珠扶着外祖母。原来外祖母结伴到杭州烧香，主要是找那和尚。事隔多年，杭州所有寺庙都访过了，都不知有此和尚。外祖母坐定，才把找不到和尚的事，告诉父亲。父亲说：果然那和尚云游不知去向，不要再水中捞月了。外祖母抱着病后初愈的弟弟却对父亲说：“老头子（指外祖父）在世时常说，树皮草根，只治得病，不能治命，看来姑爷——”外祖母声音哽咽，说不下去。父亲苦笑道：“讲到命，也许突然又来个神医。君子安命，我是一点也不担心。”母亲接着说：“也只好这样，自安自慰吧，死生有命。”

大概是我八岁的时候，父亲病倒了。

最初，父亲每天还是挣扎着从床上起来，坐在房中窗前读书一、二小时，然后又卧。他那时还是对数学最有兴趣，他自习小代数，大代数，几何，微积分（那时新出的谢洪赉编的），其次是喜欢声、光、化、电一类的书，又其次是世界各国历史、地理的书。也看那时留日学生所办的鼓吹革命的报刊。

又到年关了。这个时候，在乌镇通常是一个最冷的时候，常常下雪。乌镇一带地区的房屋构造是不保温的，也没有取暖设备，因此显得特别冷。父亲此时只好整天躺在床上，盖着厚的丝棉被；他常常支起双腿，躺着看书。不料腊月既过，天气渐转暖和时，父亲的两条腿不能放弃，好像因为长久支起，筋已缩短。如果别人帮着用力拉，是可以拉起的，但因父亲脸上有痛苦表情，妈妈不忍，就让这样支起（直到死，还是这样。殓时有人拉了一下，才放弃了，但那时妈妈倘看见，也会伤心的）。

然而除了渐渐转动不便（在床上翻身，也要妈妈帮他），别无痛苦。饭量照样好，每天外祖母送来各种滋补的食品，父亲都能吃，然而人却一天一天消瘦下去。

在父亲卧床不起的第二年夏天，祖母亲自到城隍庙里去许了个愿，让我在阴历七月十五出城隍会时扮一次“犯人”。这是乌镇当时的迷信：家中有病人而药物不灵时，迷信的人就去向城隍神许愿，在城隍出会时派家中一儿童扮作“犯人”，随出会队伍绕市一周，以示“赎罪”；这样，神就会让病人的病好起来。

祖母是迷信神道的，在父亲卧床不起后，她多次提出要去城隍庙许愿，都被父亲和母亲拦阻了。现在她看到儿子日益消瘦，也就不管我父母亲的反对，自己到城隍庙里去许了愿。

乌镇那时每年阴历七月十五至十七要连出三天城隍会，其盛况不下于元宵节的闹龙灯。出会的费用由镇上的大小商号摊派（名为“写疏”），“节目”则由各街坊准备。所谓“节目”就是各种彩扎的“抬阁”和“地戏”。“抬阁”是由四个精壮汉子抬着一块平板，上面由童男童女装扮成戏文中的各种角色，如白娘娘、吕洞宾、牛郎织女等等，四围挂着琉璃彩珠，打上灯彩。“地戏”比较简单，挑几十个汉子（不再是儿童），穿上做戏的“行头”，在地上走着，有时也舞弄一下手中的大刀和花枪。因为各街坊要互相竞赛，所以“抬阁”和“地戏”年年出新斗奇，除非那年逢上了大灾荒。

出城隍会，照例由一队人马在前面鸣锣开道，然后就是各街坊的“抬阁”和“地戏”在喧天锣鼓声中慢慢地依次走过。队伍的中间是一台十六人抬的大轿，里面坐着城隍的木像，面施彩皮，身穿神袍，轿前有“回避”、“肃静”的大木牌，前呼后拥，十分威风。但是大轿在经过我家旁边的修真观时，却突然锣鼓息声，抬轿的人要一起跑步，飞速穿过观前的那一段街道。这是有名目的，叫做“抢轿”，因为修真观供奉的是玉皇大帝，城隍是玉帝手下的小官，当然不能大模大样地经过修真观，只能跑步通过。城隍大轿的后面，又是“抬阁”和“地戏”，最后就是“犯人”的队伍。“犯人”仍穿家常的衣服，但一律围一条白布裙子，戴一副“手铐”；所谓“手铐”其实是一副手镯，有金的也有银的，用一根带子系牢，挂在“犯人”的脖子上。整个出会的队伍要在乌镇的四栅（东南西北栅）周游一圈，“犯人”也要跟着兜一周。有的年龄小的“犯人”，这样远的路走不动，也可以由大人抱着参加游行。即使走得动的“犯人”，一般也有家里人在旁边跟着，因为怕孩子把“手铐”丢了。

祖母让我去扮“犯人”的那一年，我九岁，正是最爱玩耍的年龄，对于能够亲身参加出城隍会，自然十分高兴，随队伍绕着四栅走了十多里路，竟一点不感到累。不过事后想想，又觉得不上算，因为“犯人”只能跟在出会行列的末尾，一路所见只是前面“抬阁”的背影和两旁围观的人群，实在没有扒在我家老屋临街的窗台上看下面经过的队伍来得有意思，而且在窗台上连“抢轿”的场面都能看得一清二楚。另外，我虽然当了一次“犯人”，父亲的病却未见有一丝的好转。

母亲现在不得不日夜守着父亲。白天，她经常替父亲拿着翻开的书籍竖立在父亲胸前让他看，而在看完一页以后翻过新的一页。父亲此时连举手捧书也觉得困难了。他自己叹气说：“怎么，筋骨一点一点僵硬了。”当真，他巍颤颤地举起手来时，五个指头拿东西显得不平稳，而且举了一下就觉得“重”，不得不放下了。

那时，弟弟住在外祖母家，宝珠管他。我每天到隔壁的立志小学读书。我每天下午三时便放学了，回家来，母亲便教我坐在床沿，执着书，竖立在父亲胸前让他看。而乘此时候，母亲下楼去洗衣服，因为父亲大小便都在床上，衣服得一天换一次。

有一天，我正在执书让父亲看，父亲忽然说：“不看了。”停一会儿，又说：“拿刀来。”这是指我们房中的一把剖切瓜果之类的钢刀，长方形，长有半尺，宽有寸半，带一个木柄。我拿了刀来，问道：“做什么?”父亲说：

“手指甲太长了，刀给我。”那时我原也觉得诧异，手指甲怎么能用刀削呢？但还是把刀给了父亲。父亲手拿刀，朝刀看了一会儿，终于把刀放下，叫我拿走。父亲也不看书了，叫我去看看母亲洗衣完了没有。我下楼，看见母亲已洗完衣服，就对她说：“爸爸欲剪指甲。”

母亲就上楼去了。后来我再进房去，看见母亲坐在床沿上，低着头，眼眶有点红，像是哭过。到晚上，等父亲睡着了，母亲悄悄告诉我，父亲叫我拿刀给他，他想自杀。原来母亲听我说父亲要剪指甲，进房后就要给父亲剪指甲。父亲自己却把刚才想要自杀的事情告诉了母亲，他说，“病是一定没有好的希望了。这样拖下去，何年何月可了，可不把你拖累了么？”而且他自己也一天一天不耐烦了，一举一动都得人帮助，这也不好受呀。父亲又对母亲说，虽然暂时不缺钱，但明知病不能好，每天花不少钱弄吃的，这不是白花了吗？还不如省下来，留给母亲和我们罢。父亲又说：教养两个孩子成人，没有他，母亲也会办得很好，只要有钱，母亲什么都能办好。这都是父亲想自杀的原因。母亲自然认为这些都不成其为理由。母亲认为父亲的病还有希望可以治好。即使不能治好，只要不死，瘫痪怕什么？大家都在想法，如何使父亲不感到寂寞，不感到任何不便。而且父亲除了不能动，原也没有什么痛苦，为什么就“活得不耐烦”了？

据母亲说，父亲终于答应，不再起自杀的念头了。但是母亲仍不放心，切实叮嘱我：以后把刀子藏好，剪子也要藏好，都不许再给父亲了。

这半年里，每逢星期，外祖母早上派阿秀送食品来，顺便带我到外祖母家吃过午饭，又由阿秀带了我和弟弟一同回来玩一会，然后同弟弟回去。又逢到星期了，阿秀又来了，母亲却不让我去。父亲知道母亲的用意，便笑道："让他去，我答应过了，一定守信用。"

午后，阿秀和我及弟弟回来了，阿秀把一个衣包给母亲。母亲打开一看，原来是给我和母亲做的新衣，有夹的，也有单的。阿秀说，这都是宝珠做的。料想母亲一定忙不过来，以后，我们的衣服都由她做，还向母亲要了父亲衣服的尺寸去。母亲却将事先写好的一个字条偷偷交给阿秀带回去。

隔了一天，外祖母带了宝珠和阿秀来了。外祖母对母亲说："你说暂时瞒着姑爷，我却要推开天窗说亮话。"父亲摸不着头脑。外祖母又说："请郎中瞒着病人，不好。"父亲听这样一说，便猜着几分了，说，"又有什么和尚道士会医的罢。"外祖母说："不是和尚道士，是东洋鬼子。"于是就一五一十都说明白。原来是母亲听说南浔镇（离乌镇约二三十里，太平天国后许多暴发户都出在这个镇上）有个西医院，医生是日本人，请外祖母设法打听。外祖母派陆大叔去了一天，打听明白，这个医院的日本医生可以出诊，诊费每日十元，外加伙食费每日五元，药费另算，到乌镇来回作三天算，如请来诊，合计大概要五十余元。

父亲听了摇头，说："何必花这笔冤枉钱。日本人未必有本事治这怪病。"

外祖母说："姑爷，管他能治不能治，请来识识也好。五十多块钱，我还不算一回事。"

母亲和宝珠也帮着说。父亲最后只好同意。于是母亲写了封信给那个医院，请于五天后派医生来镇，并付定洋四十元。

到期，外祖母和宝珠带阿秀一早就到我家等候。祖父不愿见外国人，出外找朋友去了。祖母、大姑母也都躲开，三个叔叔好奇，赖在客堂，却被外祖母赶走。

大约十点钟，医生来了，却是个女的，三十来岁，带个翻译，四十左右，还有个女看护（中国人），二十来岁。外祖母问那翻译："医生呢？还在船上？"翻译指那日本女人，说她就是医生。外祖母很不高兴，正想发作，幸而母亲下来了，对外祖母说："女的也一样，请他们上楼罢。"于是都上楼去，挤满了一房。女医生倒很大方，脱了木屐，爬到床上，开始诊病。此时正当初夏，气温较高。翻译说，病人该脱上衣。母亲和宝珠，那个女护士，三人一起动手，才把父亲的上衣脱下。照例听、敲以后，医生按着父亲的胸脯，问"痛不痛"？又使劲捏住父亲的手臂关节，问"痛不痛"？父亲都摇头。医生向翻译叽哩咕噜说了几句。翻译说：该脱裤子看看。外祖母听着笑了。宝珠有点害羞，站远了点儿。母亲便同那女护士替父亲脱裤子。医生按着父亲的支起的两腿，又向翻译说了几句。翻译问：病人的腿能不能伸直？老是这样支起的吗？母亲叹气回答：一年多了。医生又把听诊器按在病人肚上，这边，那边，听了好一会，又要父亲侧卧，把听诊器在背脊从上到下都听过了。蹲在床上一会儿，看着病人全身无肉，摇了摇头，这才下床来，向翻译说了几句。翻译说：诊断完了，下楼去罢。母亲拿一条夹被给父亲盖好，留阿秀在房，便一同下楼。

到了客堂，外祖母请医生等吃茶点，一边问：这病有办法治么？翻译同医生商量了好多时候，然后回答：老太太明白，病人全身肉都落尽了，又听说饮食照常，这个，你们小心照管，不会马上出事。外祖母又问：这是什么病？翻译又同医生讲了几句，拿起桌子上的纸、笔，写了两个大字：骨痨。

母亲看是“痨”，就有点吃惊，问翻译道：“骨痨是什么?”翻译回答：这是痨病的虫子钻到骨头里去了。

母亲便不再问。外祖母和宝珠也不出声，神色都变了。

女护士打开一个大片包，医生从中拣出两三个玻璃瓶，瓶内有药丸，也有药粉。医生各取若干，分别包成二十多包，向翻译说了一通。翻译便说：这药丸和药粉每天各吃一包。这时，医生对外祖母鞠躬，便带着护士往外走。宝珠拉住那个翻译问：是什么药，管什么？翻译回答：都是开胃药，兼带润肠。又说，诊断完了，我们下午便回南浔。此时护士又回来说：药价四元。

外祖母又同母亲、宝珠上楼去，祖母也出面了，同到父亲房里，母亲把医生的诊断简短说了一说，便问父亲：“你知道什么叫骨痨?”父亲想了半天回答道：“中国医书上没有这个病名。痨病虫子是土话。我看过西医的书，说肺痨西医名为肺结核，这结核是菌，会移动。想来是移动到骨髓里去了。这病是没法治了。东洋医生给的药，吃也无用。”

父亲说话时心平气静。外祖母和宝珠都哭了。父亲笑道："原来说是来看看，弄个清楚，如今知道了是不治之症，我倒安心了。但不知还能活几天？我有许多事要预先安排好。"

从此以后，父亲不再看书了。却和母亲低声商量什么事。一、二天后，父亲口说，母亲笔录。我在旁虽然听得，却不解其意义。母亲一面笔录，一面下泪，笔录完，母亲重念一遍，父亲点头说：就是这样罢。但是母亲想了一会儿说："这桩大事，我写了，人家会说不是你的主张，应当请公公来写。"父亲听了，苦笑道："你想得周到。"于是叫我去请祖父来。祖父来后，父亲不把母亲写好的底稿给他看，而自已再念一遍，请祖父写。最后二句，我却听懂了："沈伯蕃口述，父砚耕笔录。"还有年、月、日。后来我知道这是遗嘱。要点如下：中国大势，除非有第二次的变法维新，便要被列强瓜分，而两者都必然要振兴实业，需要理工人才；如果不愿在国内做亡国奴，有了理工这个本领，国外到处可以谋生。遗嘱上又嘱咐我和弟弟不要误解自由、平等的意义。立遗嘱后的一天，父亲叫母亲整理书籍；医学书都送给别人，小说留着，却指着一本谭嗣同的《仁学》对我说："这是一大奇书，你现在看不懂，将来大概能看懂的。"

从此以后，父亲不再看数学方面的书，却天天议论国家大事，常常讲日本怎样因明治维新而成强国。还常常勉励我：“大丈夫要以天下为己任。”并反复说明这句话的意义。母亲要我做个有志气的人，俗语说“长兄为父”，弟弟将来如何，全在我做个什么榜样。

第二年夏季，气候酷热。母亲见从前预备给曾祖父住的两间楼房（家中称为新屋）此时空着，便找人背着父亲住到新屋的靠西一间楼下。安排我和弟弟住在靠东一间楼下。这年夏末秋初，父亲去世了。父亲死时并无痛苦之状，像睡着似的永远不醒来了。当母亲唤父亲不应时，还以为父亲睡酣，但脸上血色全没有了，摸摸脉搏，才知道父亲真个离开爱妻和娇儿，到他常常想念的第二次变法维新国富兵强的中国去了。

我和弟弟正在写字，听得母亲一声裂帛似的号，急忙奔去，却见母亲正在给父亲换衣服，我和弟弟都哭了。一会儿，家里人都来了。七手八脚想帮助母亲。但是母亲摇手，泪如雨下。母亲亲手用热毛巾把父亲全身擦干净，换上殓衣，很小心地仍让父亲的两腿支起。

父亲的遗体移到楼下靠东，平常作为会客室的一间。母亲始终只是吞声呜咽。直到外祖母和宝珠哭着进来时，这才放声大哭。

因为天热，第二天就殓了。丧事既毕，母亲在父亲逝世的屋内设一个小灵堂，只供一对花瓶，时常换插鲜花。父亲的照片朝外挂着。照片镜框的两侧，母亲恭楷写的对子是：幼诵孔孟之言，长学声光化电，忧国忧家，斯人斯疾，奈何长才未展，死不瞑目；良人亦即良师，十年互勉互励，雹碎春红，百身莫赎，从今誓守遗言，管教双雏。

父亲终年三十四岁。

背　影

朱自清

我与父亲不相见已二年余了，我最不能忘记的是他的背影。

那年冬天，祖母死了，父亲的差使也交卸了，正是祸不单行的日子。我从北京到徐州，打算跟着父亲奔丧回家。到徐州见着父亲，看见满院狼籍的东西，又想起祖母，不禁簌簌地流下眼泪。父亲说："事已如此，不必难过，好在天无绝人之路！"

回家变卖典质，父亲还了亏空；又借钱办了丧事。这些日子，家中光景很是惨淡，一半为了丧事，一半为了父亲赋闲。丧事完毕，父亲要到南京谋事，我也要回北京念书，我们便同行。

到南京时，有朋友约去游逛，勾留了一日；第二日上午便须渡江到浦口，下午上车北去。父亲因为事忙，本已说定不送我，叫旅馆里一个熟识的茶房陪我同去。他再三嘱咐茶房，甚是仔细。但他终于不放心，怕茶房不妥贴；颇踌躇了一会。其实我那年已二十岁，北京已来往过两三次，是没有什么要紧的了。他踌躇了一会，终于决定还是自己送我去。我再三劝他不必去；他只说："不要紧，他们去不好！"

我们过了江，进了车站。我买票，他忙着照看行李。行李太多了，得向脚夫行些小费才可过去。他便又忙着和他们讲价钱。我那时真是聪明过分，总觉他说话不大漂亮，非自己插嘴不可，但他终于讲定了价钱；就送我上车。他给我拣定了靠车门的一张椅子；我将他给我做的紫毛大衣铺好座位。他嘱我路上小心，夜里要警醒些，不要受凉。又嘱托茶房好好照应我。我心里暗笑他的迂；他们只认得钱，托他们只是白托！而且我这样大年纪的人，难道还不能料理自己么？唉，我现在想想，那时真是太聪明了！

我说道:“爸爸，你走吧。”他往车外看了看说:“我买几个橘子去。你就在此地，不要走动。”我看那边月台的栅栏外有几个卖东西的等着顾客。走到那边月台，须穿过铁道，须跳下去又爬上去。父亲是一个胖子，走过去自然要费事些。我本来要去的，他不肯，只好让他去。我看见他戴着黑布小帽，穿着黑布大马褂，深青布棉袍，蹒跚地走到铁道边，慢慢探身下去，尚不大难。可是他穿过铁道，要爬上那边月台，就不容易了。他用两手攀着上面，两脚再向上缩;他肥胖的身子向左微倾，显出努力的样子，这时我看见他的背影，我的泪很快地流下来了。我赶紧拭干了泪。怕他看见，也怕别人看见。我再向外看时，他已抱了朱红的橘子往回走了。过铁道时，他先将桔子散放在地上，自己慢慢爬下，再抱起橘子走。到这边时，我赶紧去搀他。他和我走到车上，将橘子一股脑儿放在我的皮大衣上。于是扑扑衣上的泥土，心里很轻松似的。过一会说:“我走了，到那边来信!”我望着他走出去。他走了几步，回过头看见我，说:“进去吧，里边没人。”等他的背影混入来来往往的人里，再找不着了，我便进来坐下，我的眼泪又来了。

近几年来，父亲和我都是东奔西走，家中光景是一日不如一日。他少年出外谋生，独立支持，做了许多大事。哪知老境却如此颓唐!他触目伤怀，自然情不能自已。情郁于中，自然要发之于外;家庭琐屑便往往触他之怒。他待我渐渐不同往日。但最近两年不见，他终于忘却我的不好，只是惦记着我，惦记着我的儿子。我北来后，他写了一信给我，信中说道："我身体平安，惟膀子疼痛厉害，举箸提笔，诸多不便，大约大去之期不远矣。"我读到此处，在晶莹的泪光中，又看见那肥胖的、青布棉袍黑布马褂的背影。唉！我不知何时再能与他相见！

中举人

丰子恺

我的父亲是清朝光绪年间最后一科的举人。他中举人时我只四岁，隐约记得一些，听人传说一些情况，写这篇笔记。话须得从头说起：

我家在明末清初就住在石门湾。上代已不可知，只晓得我的祖父名小康，行八，在这里开一爿染坊店，叫做丰同裕。这店到了抗日战争开始时才烧毁。祖父早死，祖母沈氏，生下一女一男，即我的姑母和父亲。祖母读书识字，常躺在鸦片灯边看《缀白裘》等书。打瞌睡时，往往烧破书角。我童年时还看到过这些烧残的书。她又爱好行乐。

镇上演戏文时，她总到场，先叫人搬一只高椅子去，大家都认识这是丰八娘娘的椅子。她又请了会吹弹的人，在家里教我的姑母和父亲学唱戏。邻近沈家的四相公常在背后批评她：“丰八老太婆发昏了，教儿子女儿唱徽调。”因为那时唱戏是下等人的事。但我祖母听到了满不在乎。我后来读《浮生六记》，觉得我的祖母颇有些像那芸娘。

父亲名鐄，字斛泉，二十六七岁时就参与大比。大比者，就是考举人，三年一次，在杭州贡院中举行，时间总在秋天。那时没有火车，便坐船去。运河直通杭州，约八九十里。在船中一宿，次日便到。于是在贡院附近租一个“下处”，等候进场。祖母临行叮嘱他：“斛泉，到了杭州，勿再埋头用功，先去玩玩西湖。胸襟开朗，文章自然生色。”但我父亲总是忧心悄悄，因为祖母一方面旷达，一方面非常好强。曾经对人说：“坟上不立旗杆，我是不去的。”那时定例：中了举人，祖坟上可以立两个旗杆。中了举人，不但家族亲戚都体面，连已死的祖宗也光荣。祖母定要立了旗杆才到坟上，就是定要我父亲在她生前中举人。我推想父亲当时的心情多么沉重，哪有兴致玩西湖呢？

每次考毕回家，在家静候福音。过了中秋消息沉沉，便确定这次没有考中，只得再在家里饮酒，看书，吸鸦片，进修三年，再去大比。这样地过了三次，即九年，祖母日渐年老，经常卧病。我推想当时父亲的心里多么焦灼！但到了他三十六岁那年，果然考中了。那时我年方四岁，妈妈抱了我挤在人丛中看他拜北阙，情景隐约在目。那时的情况是这样：

父亲考毕回家，天天闷闷不乐，早眠晏起，茶饭无心。祖母躺在床上，请医吃药。有一天，中秋过后，正是发榜的时候，染店里的管账先生，即我的堂房伯伯，名叫亚卿，大家叫他“麻子三大伯”的，早晨到店，心血来潮，说要到南高桥头去等“报事船”。大家笑他发呆，他不顾管，径自去了。他的儿子名叫乐生，是个顽皮孩子，跟了他去。父子两人在南高桥上站了一会，看见一只快船驶来，锣声噹噹不绝。他就问：“谁中了？”船上人说：“丰，丰！”乐生先逃，麻子三大伯跟着他跑。旁人不知就里，都说：“乐生又闯了祸了，他老子在抓他呢。”

麻子三大伯跑回来，闯进店里，口中大喊“斛泉中了！斛泉中了！”父亲正在蒙被而卧。麻子大伯喊到他床前，父亲讨厌他，回说：“你不要瞎说，是四哥，不是我！”四哥者，是我的一个堂伯，名叫丰锦，字浣江，那年和父亲一同去大比的。但过了不久，报事船已经转进后河，锣声敲到我家里来了。“丰接诰封！丰接诰封！”一大群人跟了进来。我父亲这才披衣起床，到楼下去盥洗。祖母闻讯，也扶病起床。

我家房子是向东的，于是在厅上向北设张桌子，点起香烛，等候新老爷来拜北阙。麻子三大伯跑到市里，看见团子、粽子就拿，拿回来招待报事人。那些卖团子、粽子的人，绝不同他计较：因为他们都想同新贵的人家结点缘。但后来总是付清价钱的。父亲戴了红缨帽，穿了外套走出来，向北三跪九叩，然后开诰封。祖母头上拔下一支金挖耳来，将诰封挑开，这金挖耳就归报事人获得。报事人取出“金花”来，插在父亲头上，又插在母亲和祖母头上。这金花是纸做的，轻巧得很。据说皇帝发下的时候，是真金的，经过人手，换了银花，再换了铜花，最后换了纸花。但不拘怎样，总之是光荣。表演这一套的时候，我家里挤满了人。因为数十年来石门湾不曾出过举人，所以这一次特别稀奇。我年方四岁，由奶奶抱着，挤在人丛中看热闹，虽然莫名其妙，但到现在还保留着模糊的印象。

两个报事人留着，住在店楼上写“报单”。报单用红纸，写宋体字：“喜报贵府老爷丰高中庚子辛丑恩政并科第八十七名举人。”自己家里挂四张，亲戚每家送两张。这“恩政并科”便是最后一科，此后就废科举，办学堂了。本来，中了举人之后，再到北京“会试”，便可中进士，做官。举人叫做金门槛，很不容易跨进；一跨进之后，会试就很容易，因为人数很少，大都录取。但我的父亲考中的是最后一科，所以不得会试，没有官做，只得在家里设塾授徒，坐冷板凳了。这是后话。且说写报单的人回去之后，我家就举行“开贺”。房子狭窄，把灶头拆掉，全部粉饰，挂灯，结彩。附近各县知事，以及远近亲友都来贺喜，并送贺仪。这贺仪倒是一笔收入。有些人要“高攀”，特别送得重。客人进门时，外面放炮三声，里面乐人吹打。客人叩头，主人还礼。礼毕，请客吃“跑马桌”。跑马桌者，不拘什么时候，请他吃一桌酒。这样，免得大排筵席，倒是又简便又隆重的办法。开贺三天，祖母天天扶病下楼来看，病也似乎好了一点。父亲应酬辛劳，全靠鸦片借力。但祖母经过这番兴奋，终于病势日渐沉重起来。父亲连忙在祖坟上立旗杆。不多久，祖母病危了。弥留时问父亲：“坟上旗杆立好了吗?”父亲回答：“立好了。”祖母含笑而逝。于是开吊，出丧，又是一番闹热，不亚于开贺的时候，大家说：“这老太太真好福气!”我还记得祖母躺在尸床上时，父亲拿一叠纸照在她紧闭的眼前，含泪说道：“妈，我还没有把文章给你看过。”其声呜咽，闻者下泪。后来我知道，这是父亲考中举人的文章的稿子。那时已不用八股文而用策论，题目是《汉宣帝信赏必罚，综核名实论》和《唐太宗盟突厥于便桥，宋真宗盟契丹于澶州论》。

父亲三十六岁中举人，四十二岁就死于肺病。这五六年中，他的生活实在很寂寥。每天除授徒外，只是饮酒看书吸鸦片。他不吃肥肉，难得吃些极精的火腿。秋天爱吃蟹，向市上买了许多，养在缸里，每天晚酌吃一只。逢到七夕、中秋、重阳佳节，我们姐妹四五人也都得吃。下午放学后，他总在附近沈子庄开的鸦片馆里度过。晚酌后，在家吸鸦片，直到更深，再吃夜饭。我的三个姐姐陪着他吃。吃的是一个皮蛋，一碗冬菜。皮蛋切成三份，父亲吃一份，姐姐们分食两份。我年幼早睡，是没有资格参与的。父亲的生活不得不如此清苦。因为染坊店收入有限，束脩更为微薄，加上两爿大商店（油车、当铺）的“出官”每年送一二百元外，别无进账。父亲自己过着清苦的生活，他的族人和亲戚却沾光不少。凡是同他并辈的亲族，都称老爷奶奶，下一辈的都称少爷小姐。利用这地位而作威作福的，颇不乏人。我是嫡派的少爷。常来当差的褚老五，带了我上街去，街上的人都起敬，糕店送我糕，果店送我果，总是满载而归。但这一点荣华也难久居，我九岁上，父亲死去，我们就变成孤儿寡妇之家了。

我的母亲

老　舍

母亲的娘家是北平德胜门外，土城儿外边，通大钟寺的大路上的一个小村里。村里一共有四五家人家，都姓马。大家都种点不十分肥美的地，但是与我同辈的兄弟们，也有当兵的，作木匠的，作泥水匠的，和当巡警的。他们虽然是农家，却养不起牛马，人手不够的时候，妇女便也须下地作活。

对于姥姥家，我只知道上述的一点。外公外婆是什么样子，我就不知道了，因为他们早已去世。至于更远的族系与家史，就更不晓得了；穷人只能顾眼前的衣食，没有功夫谈论什么过去的光荣；“家谱”这字眼，我在幼年就根本没有听说过。

母亲生在农家，所以勤俭诚实，身体也好。这一点事实却极重要，因为假若我没有这样的一位母亲，我以为我恐怕也就要大大的打个折扣了。

母亲出嫁大概是很早，因为我的大姐现在已是六十多岁的老太婆，而我的大外甥女还长我一岁啊。我有三个哥哥，四个姐姐，但能长大成人的，只有大姐，二姐，三哥与我。我是“老”儿子。生我的时候，母亲已有四十一岁，大姐二姐已都出了阁。

由大姐与二姐所嫁人的家庭来推断，在我生下之前，我的家里，大概还马马虎虎的过得去。那时候订婚讲究门当户对，而大姐丈是作小官的，二姐丈也开过一间酒馆，他们都是相当体面的人。

可是，我，我给家庭带来了不幸：我生下来，母亲晕过去半夜，才睁眼看见她的老儿子——感谢大姐，把我揣在怀里，致未冻死。

一岁半，我的父亲“克”死了。

兄不到十岁，三姐十二、三岁，我才一岁半，全仗母亲独立抚养了。父亲的寡姐跟我们一块儿住，她吸鸦片，她喜摸纸牌，她的脾气极坏。为我们的衣食，母亲要给人家洗衣服，缝补或裁缝衣裳。在我的记忆中，她的手终年是嫩红微肿的。白天，她洗衣服，洗一两大绿瓦盆。她作事永远丝毫也不敷衍，就是屠户们送来的黑如铁的布袜，她也给洗得雪白。晚间，她与三姐抱着一盏油灯，还要缝补衣服，一直到半夜。她终年没有休息，可是在忙碌中她还把院子屋中收实得清清爽爽。桌椅都是旧的，柜门铜活久以残缺不全，可是她的手老使破桌面上没有尘土，残破的铜活发着光。院中，父亲遗留下的几盆石榴与夹竹桃，永远会得到应有的浇灌与爱护，年年夏天开许多花。

哥哥似乎没有同我玩耍过。有时候，他去读书；有时候，他去学徒；有时候，他也去卖花生或樱桃之类的小东西。母亲含着泪把他送走，不到两天，又含着泪接他回来。我不明白这都是什么事，而只觉得与他很生疏。与母亲相依如命的是我与三姐。因此，他们作事，我老在后面跟着。他们浇花，我也张罗着取水；他们扫地，我就撮土……从这里，我学得了爱花，爱清洁，守秩序。这些习惯至今还被我保存着。

有客人来，无论手中怎么窘，母亲也要设法弄一点东西去款待。舅父与表哥们往往是自己掏钱买酒肉食，这使她脸上羞得飞红，可是殷勤的给他们温酒作面，又给她一些喜悦。遇上亲友家中有喜丧事，母亲必把大褂洗得干干净净，亲自去贺吊——份礼也许只是两吊小钱。到如今为我的好客的习性，还未全改，尽管生活是这么清苦，因为自幼儿看惯了的事情是不易于改掉的。

姑母常闹脾气。她单在鸡蛋里找骨头。她是我家中的阎王。直到我入了中学，她才死去，我可是没有看见母亲反抗过。“没受过婆婆的气，还不受大姑子的吗？命当如此！”母亲在非解释一下不足以平服别人的时候，才这样说。是的，命当如此。母亲活到老，穷到老，辛苦到老，全是命当如此。她最会吃亏。给亲友邻居帮忙，她总跑在前面：她会给婴儿洗三——穷朋友们可以因此少花一笔“请姥姥”钱——她会刮痧，她会给孩子们剃头，她会给少妇们绞脸……凡是她能作的，都有求必应。但是吵嘴打架，永远没有她。她宁吃亏，不逗气。当姑母死去的时候，母亲似乎把一世的委屈都哭了出来，一直哭到坟地。不知道哪里来的一位侄子，声称有继承权，母亲便一声不响，教他搬走那些破桌子烂板凳，而且把姑母养的一只肥母鸡也送给他。

可是，母亲并不软弱。母亲死在庚子闹“拳”的那一年。联军入城，挨家搜索财物鸡鸭，我们被搜过两次。母亲拉着哥哥与三姐坐在墙根，等着“鬼子”进门，街门是开着的。“鬼子”进门，一刺刀先把老黄狗刺死，而后入室搜索。他们走后，母亲把破衣箱搬起，才发现了我。假若箱子不空，我早就被压死了。皇上跑了，丈夫死了，鬼子来了，满城是血光火焰，可是母亲不怕，她要在刺刀下，饥荒中，保护着儿女。北平有多少变乱啊，有时候兵变了，街市整条的烧起，火团落在我们的院中。有时候内战了，城门紧闭，铺店关门，昼夜响着枪炮。这惊恐，这紧张，再加上一家饮食的筹划，儿女安全的顾虑，岂是一个软弱的老寡妇所能受得起的？可是，在这种时候，母亲的心横起来，她不慌不哭，要从无办法中想出办法来。她的泪会往心中落！这点软而硬的个性，也传给了我。我对一切人与事，都取和平的态度，把吃亏看作当然的。但是，在做人上，我有一定的宗旨与基本的法则，什么事都可以将就，而不能超过自己画好的界限。我怕见生人，怕办杂事，怕出头露面；但是到了非我去不可的时候，我便不敢不去，正像我的母亲。从私塾到小学，到中学，我经历过起码有二十位教师吧，其中有给我很大影响的，也有毫无影响的，但是我的真正的教师，把性格传给我的，是我的母亲。母亲并不识字，她给我的是生命的教育。

当我在小学毕了业的时候，亲友一致的愿意我去学手艺，好帮助母亲。我晓得我应当去找饭吃，以减轻母亲的勤劳困苦。可是，我也愿意升学。我偷偷的考入了师范学校——制服，饭食，书籍，宿处，都由学校供给。只有这样，我才敢对母亲说升学的话。入学，要交十圆的保证金。这是一笔巨款！母亲作了半个月的难，把这巨款筹到，而后含泪把我送出门去。她不辞劳苦，只要儿子有出息。当我由师范毕业，而被派为小学校校长，母亲与我都一夜不曾合眼。我只说了句："以后，您可以歇一歇了！"她的回答只有一串串的眼泪。我入学之后，三姐结了婚。母亲对儿女是都一样疼爱的，但是假若她也有点偏爱的话，她应当偏爱三姐，因为自父亲死后，家中一切的事情都是母亲和三姐共同撑持的。三姐是母亲的右手。但是母亲知道这右手必须割去，她不能为自己的便利而耽误了女儿的青春。当花轿来到我们的破门外的时候，母亲的手就和冰一样的凉，脸上没有血色——那是阴历四月，天气很暖。大家都怕她晕过去。可是，她挣扎着，咬着嘴唇，手扶着门框，看花轿徐徐的走去。不久，姑母死了。三姐已出嫁，哥哥不在家，我又住学校，家中只剩母亲自己。她还须自晓至晚的操作，可是终日没人和她说一句话。新年到了，正赶上政府倡用阳历，不许过旧年。除夕，我请了两小时的假。由拥挤不堪的街市回到清炉冷灶的家中。母亲笑了。及至听说我还须回校，她愣住了。半天，她才叹出一口气来。到我该走的时候，她递给我一些花生，"去吧，小子！"街上是那么热闹，我却什么也没看见，泪遮迷了我的眼。今天，泪又遮住了我的眼，又想起当日孤独的过那凄惨的除夕的慈母。可是慈母不会再候盼着我了，她已入了土！

儿女的生命是不依顺着父母所设下的轨道一掷千金的，所以老人总免不了伤心。我二十三岁，母亲要我结了婚，我不要。我请来三姐给我说情，老母含泪点了头。我爱母亲，但是我给了她最大的打击。时代使我成为逆子。二十七岁，我上了英国。为了自己，我给六十多岁的老母以第二次打击。在她七十大寿的那一天，我还远在异域。那天，据姐姐们后来告诉我，老太太只喝了两口酒，很早的便睡下。她想念她的幼子，而不便说出来。

七七抗战后，我由济南逃出来。北平又像庚子那年似的被鬼子占据了。可是母亲日夜惦念的幼子却跑西南来。母亲怎样想念我，我可以想象得到，可是我不能回去。每逢接到家信，我总不敢马上拆看，我怕，怕，怕，怕有那不详的消息。人，即使活到八九十岁，有母亲便可以多少还有点孩子气。失了慈母便像花插在瓶子里，虽然还有色有香，却失去了根。有母亲的人，心里是安定的。我怕，怕，怕家信中带来不好的消息，告诉我已是失了根的花草。

去年一年，我在家信中找不到关于母亲的起居情况。

我疑虑，害怕。我想象得到，若不是不幸，家中念我流亡孤苦，或不忍相告。母亲的生日是在九月，我在八月半写去祝寿的信，算计着会在寿日之前到达。信中嘱咐千万把寿日的详情写来，使我不再疑虑。十二月二十六日，由文化劳军的大会上回来，我接到家信。我不敢拆读。就寝前，我拆开信，母亲已去世一年了！

生命是母亲给我的。我之能长大成人，是母亲的血汗灌养的。我之能成为一个不十分坏的人，是母亲感化的。我的性格，习惯，是母亲传给的。她一世未曾享过一天福，临死还吃的是粗粮。唉！还说什么呢？心痛！心痛！

父亲的玳瑁

鲁　彦

在墙脚根刷然溜过的那黑猫的影，又触动了我对于父亲的玳瑁的怀念。

净洁的白毛的中间，夹杂些淡黄的云霞似的柔毛，恰如透明的妇人的玳瑁首饰的那种猫儿，是被称为“玳瑁猫”的。我们家里的猫儿正是那一类，父亲就给了它“玳瑁”这个名字。

在近来的这一匹玳瑁之前，我们还曾有过另外的一匹。它有着同样的颜色，得到了同样的名字，同是从我姊姊家里带来，一样地为我们所爱。

但那是我不幸的妹妹的玳瑁，它曾经和她盘桓了十二年的岁月。

而现在的这一匹，是属于父亲的。

它什么时候来到我们家里，我不很清楚，据说大约已有三年光景了。父亲给我的信，从来不曾提过它。在他的理智中，仿佛以为玳瑁毕竟是一匹小小的兽，比不上任何的家事，足以通知我似的。

但当我去年回到家里的时候，我看到了父亲和玳瑁的感情了。

每当厨房的碗筷一搬动，父亲在后房餐桌边坐下的时候，玳瑁便在门外“咪咪”地叫了起来。这叫声是只有两三声，从不多叫的。它仿佛在问父亲，可不可以进来似的。

于是父亲就说了，完全像对什么人说话一样：

“玳瑁，这里来!”

我初到的几天，家里突然增多了四个人，在玳瑁似乎感觉到热闹与生疏的恐惧，常不肯即刻进来。

“来吧，玳瑁!”父亲望着门外，不见它进来，又说了。

但是玳瑁只回答了两声“咪咪”，仍在门外徘徊着。

“小孩一样，看见生疏的人，就怕进来了。”父亲笑着对我们说。

但是过了一会，玳瑁在大家的不注意中，已经跃上了父亲的膝上。

“哪，在这里了。”父亲说。

我们弯过头去看，它伏在父亲的膝上，睁着略带惧怯的眼望着我们，仿佛预备逃遁似的。

父亲立刻理会它的感觉，用手抚摩着它的颈背，说：“困吧，玳瑁。”一面他又转过来对我们说：“不要多看它，它像姑娘一样的呢。”

我们吃着饭，玳瑁从不跳到桌上来，只是静静地伏在父亲的膝上。有时鱼腥的气息引诱了它，它便偶尔伸出半个头来望了一望，又立刻缩了回去。它的脚不肯触着桌。这是它的规矩，父亲告诉我们说，向来是这样的。

父亲吃完饭，站起来的时候，玳瑁便先走出门外去。

它知道父亲要到厨房里去给它预备饭了。那是真的。父亲从来不曾忘记过，他自己一吃完饭，便去添饭给玳瑁的。玳瑁的饭每次都有鱼或鱼汤拌着。父亲自己这几年来对于鱼的滋味据说有点厌，但即使自己不吃，他总是每次上街去，给玳瑁带了一些鱼来，而且给它储存着的。

白天，玳瑁常在储藏东西的楼上，不常到楼下的房子里来。但每当父亲有什么事情将要出去的时候，玳瑁像是在楼上看着的样子，便溜到父亲的身边，绕着父亲的脚转了几下，一直跟父亲到门边。父亲回来的时候，它又像是在什么地方远远望着，静静地倾听着的样子，待父亲一跨进门限，它又在父亲的脚边了。它并不时时刻刻跟着父亲，但父亲的一举一动，父亲的进出，它似乎时刻在那里留心着。

晚上，玳瑁睡在父亲的脚后的被上，陪伴着父亲。

我们回家后，父亲换了一个寝室。他现在睡到弄堂门外一间从来没有人去的房子里了。

玳瑁有两夜没有找到父亲，只在原地方走着，叫着。它第一夜跳到父亲的床上，发现睡着的是我们，便立刻跳了出去。

正是很冷的天气。父亲记念着玳瑁夜里受冷，说它恐怕不会想到他会搬到那样冷落的地方去的。而且晚上弄堂门又关得很早。

但是第三天的夜里，父亲一觉醒来，玳瑁已在床上睡着了，静静地，“咕咕”念着猫经。

半个月后，玳瑁对我也渐渐熟了。它不复躲避我。当它在父亲身边的时候，我伸出手去，轻轻抚摩着它的颈背，它伏着不动。然而它从不自己走近我。我叫它，它仍不来。就是母亲，她是永久和父亲在一起的，它也不肯走近她。父亲呢，只要叫一声“玳瑁”，甚至咳嗽一声，它便不晓得从什么地方溜出来了，而且绕着父亲的脚。

有两次玳瑁到邻居去游走，忘记了吃饭。我们大家叫着“玳瑁玳瑁”，东西寻找着，不见它回来。父亲却猜到它那里去了。他拿着玳瑁的饭碗走出门外，用筷子敲着，只喊了两声“玳瑁”，玳瑁便从很远的邻屋上走来了。

“你的声音像格外不同似的，”母亲对父亲说，“只消叫两声，又不大，它便老远地听见了。”

“是哪，它只听我管的哩。”

对于寂寞地度着残年的老人，玳瑁所给与的是儿子和孙子的安慰，我觉得。

六月四日的早晨，我带着战栗的心重到家里，父亲只躺在床上远远地望了我一下，便疲倦地合上了眼皮。我悲苦地牵着他的手在我的面上抚摩。他的手已经有点生硬，不复像往日柔和地抚摩玳瑁的颈背那么自然。据说在头一天的下午，玳瑁曾经跳上他的身边，悲鸣着，父亲还很自然地抚摩着它，亲密地叫着“玳瑁”。而我呢，已经迟了。

从这一天起，玳瑁便不再走进父亲的以及和父亲相连的我们的房了。我们有好几天没有看见玳瑁的影子。我代替了父亲的工作，给玳瑁在厨房里备好鱼拌的饭，敲着碗，叫着“玳瑁”。玳瑁没有回答，也不出来。母亲说，这几天家里人多，闹得很，它该是躲在楼上怕出来的。于是我把饭碗一直送到楼上。然而玳瑁仍没有影子。过了一天，碗里的饭照样地摆在楼上，只饭粒干瘪了一些。

玳瑁正怀着孕，需要好的滋养。一想到这，大家更其焦虑了。

第五天早晨，母亲才发现给玳瑁在厨房预备着的另一只饭碗里的饭略略少了一些。大约它在没有人的夜里走进了厨房。它应该是非常饥饿了。然而仍像吃不下的样子。

一星期后，家里的戚友渐渐少了。玳瑁仍不大肯露面。无论谁叫它，都不答应，偶然在楼梯上溜过的后影，显得憔悴而且瘦削，连那怀着孕的肚子也好像小了一些似的。

一天一天家里愈加冷静了。满屋里主宰着静默的悲哀。一到晚上，人还没有睡，老鼠便吱吱叫着活动起来，甚至我们房间的楼上也在叫着跑着。玳瑁是最会捕鼠的。当去年我们回家的时候，即使它跟着父亲睡在远一点的地方，我们的房间里从没有听见过老鼠的声音，但现在玳瑁就睡在隔壁的楼上，也不过问了。我们毫不埋怨它。我们知道它所以这样的原因。

可怜的玳瑁。它不能再听到那熟识的亲密的声音，不能再得到那慈爱的抚摩，它是在怎样的悲伤呵！

三星期后，我们全家要离开故乡。大家预先就在商量，怎样把玳瑁带出来。但是离开预定的日子前一星期，玳瑁生了小孩了。我们看见它的肚子松瘪着。

怎样可以把它带出来呢？

然而为了玳瑁，我们还是不能不带它出来。我们家里的门将要全锁上。邻居们不会像我们似地爱它，而且大家全吃着素菜，不会舍得买鱼饲它。单看玳瑁的脾气，连对于母亲也是冷淡淡的，决不会喜欢别的邻居。

我们还是决定带它一道来上海。

它生了几个小孩，什么样子，放在那里，我们虽然极想知道，却不敢去惊动玳瑁。我们预定在饲玳瑁的时候，先捉到它，然后再寻觅它的小孩。因为这几天来，玳瑁在吃饭的时候，已经不大避人，捉到它应该是容易的。

但是两天后，我们十几岁的外甥遏抑不住他的热情了。不知怎样，玳瑁的孩子们所在的地方先被他很容易地发见了。它们原来就在楼梯门口，一只半掩着的糠箱里。玳瑁和它的小孩们就住在这里，是谁也想不到的。外甥很喜欢，叫大家去看。玳瑁已经溜得远远地在惧怯地望着。

我们想，既然玳瑁已经知道我们发觉了它的小孩的住所，不如便先把它的小孩看守起来，因为这样，也可以引诱玳瑁的来到，否则它会把小孩衔到更没有人晓得的地方去的。

于是我们便做了一个更安适的窠，给它的小孩们，携进了以前父亲的寝室，而且就在父亲的床边。

那里是四个小孩，白的，黑的，黄的，玳瑁的，都还没有睁开眼睛。贴着压着，钻做一团，肥圆的。捉到它们的时候，偶然发出微弱的老鼠似的吱吱的鸣声。

“生了几只呀?”母亲问着。

“四只。”

“嗨，四只！怪不得！扛了你父亲的棺材，不要再扛我的呢！”母亲叹息着，不快活地说。

大家听着这话，愣住了。

“把它们丢出去！”外甥叫着说，但他同时却又喜悦地抚摩着玳瑁的小孩们，舍不得走开。

玳瑁现在在楼上寻觅了，它大声地叫着。

“玳瑁，这里来，在这里。”我们学着父亲仿佛对人说话似地叫着玳瑁说。

但是玳瑁像只懂得父亲的话，不能了解我们说什么。它在楼上寻觅着，在弄堂里寻觅着，在厨房里寻觅着，可不走进以前父亲天天夜里带着它睡觉的房子。我们有时故意作弄它的小孩们，使它们发出微弱的鸣声。玳瑁仍像没有听见似的。

过了一会，玳瑁给我们女工捉住了。它似乎饿了，走到厨房去吃饭，却不妨给她一手捉住了颈背的皮。

“快来！快来！捉住了！”她大声叫着。

我扯了早已预备好的绳圈，跑出去。

玳瑁大声地叫着，用力地挣扎着。待至我伸出手去，还没抱住玳瑁，女工的手一松，玳瑁溜走了。

它再不到厨房里去，只在楼上叫着，寻觅着。

几点钟后，我们只得把玳瑁的小孩们送回楼上。它们显然也和玳瑁似地在忍受着饥饿和痛苦。

玳瑁又静默了，不到十分钟，我们已看不见它的小孩们的影子。现在可不必再费气力，谁也不会知道它们的所在。

有一天一夜，玳瑁没有动过厨房里的饭。以后几天，它也只在夜里。待大家睡了以后到厨房里去。

我们还想设法带玳瑁出来，但是母亲说：

“随它去吧，这样有灵性的猫，那里会不晓得我们要离开这里。要出去自然不会躲开的。你们看它，父亲过世以后，再也不忍走进那两间房里，并且几天没有吃饭，明明在非常的伤心。现在怕是还想在这里陪伴你们父亲的灵魂呢。它原是你父亲的。”

我们只好随玳瑁自已了。它显然比我们还舍不得父亲，舍不得父亲所住过的房子，走过的路以及手所抚摸过的一切。父亲的声音，父亲的形象，父亲的气息，应该都还很深刻地萦绕在它的脑中。

可怜的玳瑁，它比我们还爱父亲！

然而玳瑁也太凄惨了。以后还有谁再像父亲似地按时给它好的食物，而且慈爱地抚摩着它，像对人说话似地一声声地叫它呢？

离家的那天早晨，母亲曾给它留下了许多给孩子吃的稀饭在厨房里。门虽然锁着，玳瑁应该仍然晓得走进去。邻居们也曾答应代我们给它饲料。然而又怎能和父亲在的时候相比呢？

现在距我们离家的时候又已一月多了。玳瑁应该很健康着，它的小孩们也该是很活泼可爱了吧？

我希望能再见到和父亲的灵魂永久同在着的玳瑁。

旅人的心

鲁　彦

或是因为年幼善忘，或是因为不常见面，我最初几年中对父亲的感情怎样，一点也记不起来了。至于父亲那时对我的爱，却从母亲的话里就可知道。母亲近来显然正深深地记念父亲，又加上年纪老了，所以一见到她的小孙儿吃牛奶，就对我说了又说：

"正是这牌子，有一只老鹰！……你从前奶子不够吃，也吃的这牛奶。你父亲真舍得，不晓得给你吃了多少，有一次竟带了一打来，用木箱子装着。那是比现在贵得多了。他的收入又比你现在的少……"

不用说，父亲是从我出世后就深爱着我的。

但是我自己所能记忆的我对于父亲的感情，却是从六七岁起。

父亲向来是出远门的。他每年只回家一次，每次约在家里住一个月。时期多在年底年初。每次回来总带了许多东西；肥皂，蜡烛，洋火，布匹，花生，豆油，粉干……都够一年的吃用。此外还有专门给我的帽子，衣料，玩具，纸笔，书籍……

我平日最欢喜和姊姊吵架，什么事情都不能安静，常常挨了母亲的打，也还不肯屈服。但是父亲一进门，我就完全改变了，安静得仿佛天上的神到了我们家里，我的心里充满了畏惧，但又不像对神似地慑于他的权威，却是在畏惧中间藏着无限的喜悦，而这喜悦中间却又藏着说不出的亲切的。我现在不再叫喊，甚至不大说话了；我不再跳跑，甚至连走路的脚步也十分轻了；什么事情我该做的，用不着母亲说，就自己去做好；什么事情我该对姊姊退让的，也全退让了。我简直换了一个人，连自己也觉得：聪明，诚实，和气，勤力。

父亲从来不对我说半句埋怨话，他有着宏亮而温和的音调。他的态度是庄重的。但脸上没有威严却是和气。他每餐都喝一定分量的酒，他的皮肤的血色本来很好，喝了一点酒，脸上就显出一种可亲的红光。他爱讲故事给我听，尤其是喝酒的时候，常常因此把一顿饭延长了一二个钟点。他所讲的多是他亲身的阅历，没有一个故事里不含着诚实，忠厚，勇敢，耐劳。他学过拳术，偶然也打拳给我看，但他接着就讲打拳的故事给我听：学会了这一套不可露锋芒，只能在万不得已时用来保护自己。父亲虽然不是医生，但因为祖父是业医的，遗有许多医书，他一生就专门研究医学。他抄写了许多方子，配了许多药，赠送人家，常常叫我帮他的忙。因此我们的墙上贴满了方子，衣柜里和抽屉里满是大大小小的药瓶。

一年一度，父亲一回来，我仿佛新生了一样，得到了学好的机会：有事可做，也有学问可求。

然而这时间是短促的。将近一个月，他慢慢开始整理他的行装，一样一样地和母亲商议着别后一年内的计划了。

到了远行的那夜一时前，他先起了床，一面打扎着被包箱夹，一面要母亲去预备早饭。二时后，吃过早饭，就有划船老大在墙外叫喊起来，是父亲离家的时候了。

父亲和平日一样，满脸笑容。他确信他这一年的事业将比往年更好。母亲和姊姊虽然眼眶里贮着惜别的眼泪，但为了这是一个吉日，终于勉强地把眼泪忍住了。只有我大声啼哭着，牵着父亲的衣襟，跟到了大门外的埠头上。

父亲把我交给母亲，在灯笼的光中仔细地走下阶级，上了船，船就静静地离开了岸。

“进去吧，很快就回来的，好孩子。”父亲从船里伸出头来，说。

船上的灯笼熄了，白茫茫的水面上只显出一个移动着的黑影。几分钟后，它迅速地消失在几步外的桥的后面。一阵关闭船篷声，接着便是渐远渐低的咕呀咕呀的桨声。

“进去吧，还在夜里呀。”过了一会，母亲说着，带了我和姊姊转了身。“很快就回来了，不听见吗？留在家里，谁去赚钱呢？”

其实我并没想到把父亲留在家里，我每次是只想跟父亲一道出门的。

父亲离家老是在夜里又冷又黑。想起来这旅途很觉可怕。那样的夜里，岸上是没有行人也没有声音的，倘使有什么发现，那就十分之九是可怕的鬼怪或恶兽。尤其是在河里，常常起着风，到处都潜着吃人的水鬼。一路所经过的两岸大部分极其荒凉，这里一个坟墓，那里一个棺材，连白天也少有行人。

但父亲却平静地走了，露着微笑。他不畏惧，也不感伤，他常说男子汉要胆大量宽，而男子汉的眼泪和珍珠一样宝贵。

一年一年过去着，我渐渐大了，想和父亲一道出门的念头也跟着深起来，甚至对于夜间的旅行起了好奇和羡慕。到了十四五岁，乡间的生活完全过厌了，倘不是父亲时常寄小说书给我，我说不定会背着母亲私自出门远行的。

十七岁那年的春天，我终于达到了我的志愿。父亲是往江北去，他送我到上海。那时姊姊已出了嫁生了孩子，母亲身边只留着一个五岁的妹妹。她这次终于遏抑不住情感，离别前几天就不时流下眼泪，到得那天夜里她伤心地哭了。

但我没有被她的眼泪所感动。我很久以前听到我可以出远门，就在焦急地等待着那日子。那一夜我几乎没有合眼，心里充满了说不出的快乐。我满脸笑容，跟着父亲在暗淡的灯笼光中走出了大门。我没注意母亲站在岸上对我的叮嘱，一进船舱，就像脱离了火坑一样。

“竟有这样硬心肠，我哭着，他笑着!”

这是母亲后来常提起的话。我当时欢喜什么，我不知道。我只觉得心里十分的轻松，对着未来有着模糊的憧憬，仿佛一切都将是快乐的，光明的。

“牛上轭了!”

别人常在我出门前就这样地说，像是讥笑我，像是怜悯我。但我不以为意。我觉得那所谓轭是人所应该负担的。我勇敢地挺了一挺胸部，仿佛乐意地用两肩承受了那负担，而且觉得从此才成为一个“人”了。

夜是美的。黑暗与沉寂的美。从篷隙里望出去，看见一幅黑布蒙在天空上，这里那里镶着亮晶晶的珍珠。两岸上缓慢地往后移动的高大的坟墓仿佛是保护我们的炮垒，平躺着的草扎的和砖盖的棺木就成了我们的埋伏的卫兵。树枝上的鸟巢里不时发出嘁嘁的拍翅声和细碎的鸟语，像在庆祝着我们的远行。河面一片白茫茫的光微微波动着，船像在柔软轻漾的绸子上滑了过去。船头下低低地响着淙淙的波声，接着是咕呀咕呀的前桨声，和有节奏的嘁咄嘁咄的后桨拨水声。清洌的水的气息，重浊的泥土的气息和复杂的草木的气息在河面上混合成了一种特殊的亲切的香气。

我们的船弯弯曲曲地前进着，过了一桥又一桥。父亲不时告诉着我这是什么桥，现在到了什么地方。我静默地坐着，听见前桨暂时停下来，一股寒气和黑影袭进舱里，知道又过了一个桥。

一小时以后，天色渐渐转白了，岸上的景物开始露出明显的轮廓来，船舱里映进了一点亮光，稍稍推开篷，可以望见天边的黑云慢慢地变成了灰白色，浮在薄亮的空中。前面的山峰隐约地走了出来，然后像一层一层地脱下衣衫似地，按次地露出了山腰和山麓。

“东方发白了，”父亲喃喃地念着。

白光像凝定了一会，接着就迅速地揭开了夜幕，到处都明亮起来。现在连岸上的细小的枝叶也清晰了。星光暗淡着，稀疏着，消失着。白云增多了，东边天上的渐渐变成了紫色，红色。天空变成了蓝色。山是青的，这里那里迷漫着乳白色的烟云。

我们的船驶进了山峡里，两边全是繁密的松柏，竹林和一些不知名的常青树。河水渐渐清浅，两边露出石子滩来。前后左右都驶着从各处来的船只。不久船靠了岸，我们完成了第一段的旅程。

当我踏上埠头的时候，我发现太阳已在我的背后。这约莫二小时的行进，仿佛我已经赶过了太阳，心里暗暗地充满了快乐。

完全是个美丽的早晨。东边山头上的天空全红了。紫红的云像是被小孩用毛笔乱涂出的一样，无意地成了巨大的天使的翅膀。山顶上一团浓云的中间露出了一个血红的可爱的紧合着的嘴唇，像在等待着谁去接吻。西边的最高峰上已经涂上了明耀的光辉。平原上这里那里升腾着白色的炊烟，像雾一样。埠头上忙碌着男女旅客，成群地往山坡上走了去。挑夫，轿夫，喊着，追赶着，跟随着，显得格外的紧张。

就在这热闹中，我跟在父亲的后面走上了山坡，第一次远离故乡，跋涉山水，去探问另一个憧憬着的世界，勇往地肩起了“人”所应负的担子。我的血在飞腾着，我的心是平静的，平静中满含着欢乐。我坚定地相信我将有一个光明的伟大的未来。

但是暴风雨卷着我的旅程，我愈走愈远离了家乡。没有好的消息给母亲，也没有如母亲所期待的三年后回到家乡。一直过了七八年，我才负着沉重的心，第一次重踏到生长我的土地。那时虽走着出门时的原来路线，但山的两边的两条长的水路已经改驶了汽船，过岭时换了洋车。叮叮叮叮的铃子和呜呜的汽笛声激动着旅人的心。

到得最近，路线完全改变了。山岭已给铲平，离开我们村庄不远的地方，开了一条极长的汽车路。它把我们旅行的时间从夜里二时出发改做了午后二时。然而旅人的心愈加乱了，没有一刻不是强烈地被震动着。父亲出门时是多么的安静，舒缓，快乐，有希望。他有十年二十年的计划，有安定的终身的职业。而我呢？紊乱，匆忙，忧郁，失望，今天管不着明天，没有一种安定的生活。

实际上，父亲一生是劳碌的，他独自负荷着家庭的重任，远离家乡一直到他七十岁为止。到得将近去世的几年中，他虽然得到了休息，但还依然刻苦地帮着母亲治理杂务。然而，他一生是快乐的。尽管天灾烧去了他亲手支起的小屋，尽管我这个做儿子的时时在毁损着他的产业，因而他也难免起了一点忧郁，但他的心一直到临死的时候为止仍是十分平静的。他相信着自己，也相信着他的儿子。

我呢？我连自己也不能相信。我的心没有一刻能够平静。

当父亲死后二年，深秋的一个夜里二时，我出发到同一方向的山边去，船同样地在柔软轻漾的绸子似的水面滑着，黑色的天空同样地镶着珍珠似的明星，但我的心里却充满了烦恼，忧郁，凄凉，悲哀，和第一次跟着父亲出远门时的我仿佛是两个人了。

原来我这一次是去掘开父亲给自己造成的坟墓，把他永久地安葬的。

母亲的时钟

鲁　彦

二十几年前，父亲从外面带了一架时钟给母亲；一尺多高，上圆下方，黑紫色的木框，厚玻璃面，白底黑字的计时盘，盘的中央和边缘镶着金漆的圆圈，底下垂着金漆的钟摆，钉着金漆的铃子，铃子后面的木框上贴着彩色的图画——是一架堂皇而且美丽的时钟。那时这样的时钟在乡里很不容易见到；不但我和姊姊非常觉得希奇，就连母亲也特别喜欢它。

她最先把那时钟摆在床头的小橱上，只允许我们远望，不许我们走近去玩弄。我们爱看那钟摆的晃摇和长针的移动，常常望着望着忘记了读书和绣花。于是母亲搬了一个座位，用她的身子挡住了我们的视线，说：

“这是听的，不是看的呀！等一会又要敲了，你们知道呆看了多少时候吗？”

我们喜欢听时钟的敲声，常常问母亲：

“还不敲吗，妈？你叫它早点敲吧！”

但是母亲望了一望我们的书本和花绷，冷淡地回答说。

“到了时候，它自己会敲的。”

钟摆不但自己会动，还会得得地响下去，我们常常低低地念着它的次数；但母亲一看见我们嘴唇的嗡动，就生起气来。

“你们发疯了！它一天到晚响着，你们一天到晚不做事情吗？我把它停了，或是把它送给人家去，免得害你们吧！……”

但她虽然这样说，却并没把它停下，也没把它送给人家。她自己也常常去看那钟点，天天把它揩得干干净净。

“走路轻一点！不准跳！”她几次对我们说，“震动得厉害，它会停止的。”

真的，母亲自从有了这架时钟以后，她自己的举动更加轻声了。她到小橱上去拿别的东西的时候，几乎忍住了呼吸。

这架时钟开足后可以走上一个星期。不知母亲是怎样记得的。每次总在第七天的早晨不待它停止，就去开足了发条。和时钟一道，父亲带回家来的，还有一个小小的日晷。一遇到天气好太阳大，母亲就在将到正午的时候，把它放在后院子的水缸盖上。她不会看别的时候，只知道等待那红线的影子直了，就把时钟纠正为十二点。随后她收了那日晷，把它放在时钟的玻璃门内。我们也喜欢那日晷，因为它里面有一颗指南针，跳动得怪好看。但母亲连这个也不许我们玩弄。

“不是玩的！”她说，“太阳立刻就下山了，还不赶快做你们的事吗？……”

这在我们简直是件苦恼的事情。自从有了时钟以后，母亲对我们的监督愈加严了。她什么事情都要按着时候，甚至是早起，晚睡和三餐的时间。

冬天的日子特别短，天亮得迟黑得早。母亲虽然把我们睡眠的时间略略改动了些，但她自己总是照着平时的时间。大冷天，天还未亮，她就起来了。她把早饭煮好，房子收拾干净，拿着火炉来给我们烘衣服，催我们起床的时候，天才发亮，而我们也正睡得舒服，怕从被窝里钻出来。

“立刻要开饭了，不起来没有饭吃!”

她说完话就去预备碗筷。等我们穿好衣服，脸未洗完，她已经把饭菜摆在桌上。倘若我们不起来，她是决不等待我们的，从此要一直饿到中午，而且她半天也不理睬我们。

每次当她对我们说几点钟的时候，我们几乎都起了恐惧，因为她把我们的一切都用时间来限制，不准我们拖延。我们本来喜欢那架时钟的，以后却渐渐对它憎恶起来了。

“停了也好，坏了也好!”我们常常私自说。

但是它从来不停，也从来不坏。而且过了两三年，我们家里又加了一架时钟了。

那是我们阴配的嫂嫂的嫁妆。它比母亲的一架更时新，更美观，声音也更好听。它不用铃子，用的钢条圈，敲起来声音洪亮而且余音不绝。

我们喜欢这一架，因为它还有两个特点：比母亲的一架走得慢，常常走不到一星期就停了下来。

但母亲却喜欢旧的一架。她把新的放在门边的琴桌上，把揩抹和开发条的事情派给了姊姊。她屡次看时刻都走到自己的床边望那架旧的。

“你喜欢这一架，”母亲对姊姊说，“将来就给你做嫁妆吧。当然，这一架样子新，也值钱些。”

我想姊姊当时听了这话应该是高兴的。但我心里却很不快活。我不希望母亲永久有一架那样准确而耐用的时钟。

那时钟，到得后来几乎代替了母亲的命令了。母亲不说话，它也就下起命令来。我们正睡得熟，它叮叮地叫着逼迫我们起床了；我们正玩得高兴，它叮叮地叫着，逼迫我们睡觉了；我们肚子不饿，它却叫我们吃饭；肚子饿了，它又不叫我们吃饭……

我们喜欢的是要快就快，要慢就慢，要走就走，要停就停的时钟。

姊姊虽然有幸，将得到一架那样的时钟，但在出嫁前两三个月，母亲忽然要把它修理了。

“好看只管好看，乱时辰是不行的，”她对姊姊说，“你去做媳妇，比不得在家里做女儿，可以糊里糊涂，自由自在呀。”

不知怎样，她竟打听出来了一个会修时钟的人，把他从远处请到家里，将那架新的拆开来，加了油，旋紧了某一个螺丝钉，弄了大半天。母亲请他吃了一顿饭，还用船送他回去。

于是姊姊的那架时钟果然非常准确了，几乎和母亲的一模一样。这在她是祸是福，我不知道。只记得她以后不再埋怨时钟，而且每次回到家里来，常常替代母亲把那架旧的用日晷来对准；同时她也已变得和母亲一样，一切都按照着一定的时间了。

我呢，自从第一次离开故乡后，也就认识了时钟的价值，知道了它对于人生的重大的意义，早已把憎恶它的心思一变而为喜爱的了。因为大的时钟不合用，我曾经买过许多挂表，既便于携带，式样又美观，价钱又便宜。

我记得第一次回家随身带着的是一只新出的夜明表，喜欢得连半夜醒来也要把它从枕头下拿来观看一番的。

“你看吧，妈，我这只表比你那架旧钟有用得多了，”

我说着把它放在母亲的衣下，“黑角里也看得见，半夜里也看得见呢！”

但是母亲却并不喜欢。她冷淡地回答说：

“好玩罢了，并且是哑的。要看谁走得准、走得久呀。”

我本来是不喜欢那架旧钟的，现在给她这么一说，我愈加发现它的缺点了：式样既古旧、携带又不便利，而且摆置得不平稳或者稍受震动就会停止；到了夜里，睡得正甜蜜的时候，有时它叮叮敲着把人惊醒了过来，反之，醒着想知道是什么时候，却须静候到一个钟头才能听到它的报告。然而母亲却看不起我的新置的完美的挂表，重视着那架不合用的旧钟。这真使我对它发生更不快的感觉。

幸而母亲对我的态度却改变了。她现在像把我当作了客人似的，每天早晨并不催我起床，也并不自己先吃饭，总是等待着我，一直到饭菜冷了再热过一遍。她自己是仍按着时间早起，按着时间煮饭的，但她不再命令我依从她了。

“总要早起早睡，”她偶然也在无意中提醒我，而态度却是和婉的。

然而我始终不能依从她的愿望。我的习惯一年比一年坏了：起来得愈迟，睡得也愈迟，一切事情都漫无定时。我先后买过许多表，的确都是不准确的，也不耐久的；到得后来，索性连这一类表也没用处了。

但母亲却依然保留着她那架旧钟：屋子被火烧掉了，她抢出了那架旧钟，几次移居到上海，她都带着那架旧钟。

“给你买一架新的吧，不必带到上海去。”我说。母亲摇一摇头：

“你们用新的吧，我还是要这架用惯了的。”

到了上海，她首先拿出那架旧钟来，摆在自己的房里，仍是自己管理它。

它和海关的钟差不多准确，也不需要修理添油。只是外面的样子渐渐老了：白底黑字的计时盘这里那里起了斑疤，金漆也一块块地剥落了。

至于母亲，自从父亲去世后也就得了病，愈加老得快，消瘦下来，没有精力做事情。

“吃现成饭了，”她说，“一切由你们吧。”

她把家里的事情全交给了我和妻，常常躺在床上睡觉。

但是她早起的习惯没有改。天才一亮，她就起床了。她很容易饿，我们吃饭的时间就不得不和她分了开来。常常我们才吃过早饭，她就要吃中饭。她起初也等待我们，劝我们，日子久了，她知道没办法，便径自先吃了。

“一天到晚，只看见开饭，”她不高兴的时候，说，“我还是住在乡下好，这里看不惯!”

真的，她现在不常埋怨我们，可是一切都使她看不惯，她说要住到乡下去，立刻就要走的，怎样也留她不住。

“乡下冷清清的没有亲人，”我说。

“住惯了的。”

“把你顶喜欢的子孙带去吧。”

但是她不要。她只带着她那架旧钟回去。第二次再来上海时，仍带着那架旧钟。第三次，第四次……都是一样。

去年秋季，母亲最后一次离开了她所深爱的故乡。她自知身体衰弱到了极度，临行前对人家说：

“我怕不能再回来了。上海过老，也好的，全家在眼前……”

这一次她的行李很简单：一箱子的寿衣、一架时钟。到得上海，她又把那时钟放在她自己的房里。

果然从那时起，她起床的时候愈加少了，几乎一天到晚都躺在床上，而且不常醒来。只有天亮和三餐的时间，她还是按时的醒了过来。天气渐渐冷下来，母亲的病也渐渐沉重起来，不能再按时去开那架时钟，于是管理它的责任便到了我们的手里。但我们没有这习惯，常常忘记去开它，等到母亲说了几次钟停了，我们才去开足它的发条，而又因为没有别的时钟，常常无法纠正它，使它准确。

“要在一定时候开它，”母亲告诉我们说，“停久了，就会坏的，你们且搬它到自己的房里去吧，时时看见它就不会忘记了。”

我们依从母亲的话，便把她的时钟搬到了楼上房间里。几个月来，它也很少停止，因为一听到它的敲声的缓慢无力，我们便预先去开足了发条。

但是在母亲去世前的一个月里，我们忽然发现母亲的时钟异样了：明明是才开足二三天，敲声也急促有力，却在我们不注意中停止了。我们起初怀疑没放得平稳，随后以为是孩子们奔跳所震动，可是都不能证实。

不久，姊姊从故乡来了。她听到时钟的变化，便失了色，绝望地摇一摇头，说：

“妈的病不会好了，这是个不吉利的预兆……”

“迷信！”我立刻截断了她的话。

过了几天，我忽然发现时钟又停止了。是在夜里三点钟。早晨我到楼下去看母亲，听见她说话的声音特别低了，问她话老是无力回答。到了下半天，我们都在她床边侍候着，她昏昏沉沉地睡着，很少醒来。我们喊了许久，问她要不要喝水，她微微摇一摇头，非常低声的说：

“不要喊我……”

我们知道她醒来后是感到身体的痛苦的，也就依从着她的话，让她安睡着。这样一直到深夜，我们看见她低声哼着，想转身却转不过来，便喂了她一点点汤水，问她怎样。

“比上半夜难过……”她低声回答我们。

我觉得奇怪，怀疑她昏迷了。我想，现在不就是上半夜吗，她怎么当做了下半夜呢？我连忙走到楼上，却又不禁惊讶起来：

原来母亲的时钟已经过了一点钟了。

我不明白，母亲是怎样听见楼上的钟声的。楼下的房子既高，楼板又有二层。自从她的时钟搬到楼上后，她曾好几次问过我们钟点。前后左右的房子空的很多，贴邻的一家，平常又没听见有钟声。附近又没有报时的鸡啼。这一夜母亲的房子里又相当不静寂，姊姊在念经、女工在吹折锡箔，间而夹杂着我们的低语声、走动声。母亲怎样知道现在到了下半夜呢？

是母亲没有忘记时钟吗？是时钟永久跟随着母亲呢？我想问母亲，但是母亲不再说话了。一点多钟以后她闭上了眼睛，正是头一天时钟自动地静默下来的那个时候。

失却了一位这样的主人，那架古旧的时钟怕是早已感觉到存在的悲苦了吧？唉……

滕回生堂今昔

沈从文

我六岁左右时害了疳疾，一张脸黄僵僵的，一出门身背后就有人喊“猴子猴子”。回过头去搜寻时，人家就咧着白牙齿向我发笑。扑拢去打吧，人多得很。装作不曾听见吧，那与本地人的品德不相称。我很羞愧，很生气。家中外祖母听从佣妇、挑水人、卖炭人与隔邻轿行老妇人出主意，于是轮流要我吃热灰里焙过的“偷油婆”、“使君子”，吞雷打枣子木的炭粉，黄纸符烧纸的灰渣，诸如此类药物，另外还逼我诱我吃了许多古怪东西。我虽然把这些很稀奇的丹方试了又试，蛔虫成绞成团的排出，病还是不得好，人还是不能够发胖。照习惯说来，凡为一切药物治不好的病，便同“命运”有关。家中有人想起了我的命运，当然不乐观。

关心我命运的父亲，特别请了一个卖卦算命土医生来为我推算流年，想法禳解命根上的灾星。这算命人把我生辰干支排定后，就向我父亲建议：“大人，把少爷拜给一个吃四方饭的人作干儿子，每天要他吃习皮草蒸鸡肝，有半年包你病好。病不好，把我回生堂牌子甩了丢到大河潭里去!”

父亲既是个军人，毫不迟疑的回答说：

“好，就照你说的办。不用找别人，今天日子好，你留在这里喝酒，我们打了干亲家吧。”

两个爽快单纯的人既同在一处，我的命运便被他们派定了。

一个人若不明白我那地方的风俗，对于我父亲的慷慨处会觉得稀奇。其实这算命的当时若说：“大人，把少爷拜寄给城外碉堡旁大冬青树吧，”我父亲还是会照办的。一株树或一片古怪石头，收容三五十个寄儿，照本地风俗习惯，原是件极平常事情。且有人拜寄牛栏拜寄井水的，人神同处日子竟过得十分调和，毫无龃龉。

我那寄父除了算命卖卜以外，原来还是个出名草头医生，又是个拳棒家。尖嘴尖脸如猴子，一双黄眼睛炯炯放光，身材虽极矮小，实可谓心雄万夫。他把铺子开设在一城热闹中心的东门桥头上，字号名“滕回生堂”。那长桥两旁一共有二十四间铺子，其中四间正当桥垛墩，比较宽敞，许多年以前，他就占了有垛墩的一间。住处分前后两进，前面是药铺，后面住家。铺子中罗列有羚羊角、穿山甲、马蜂巢、猴头、虎骨、牛黄、马宝，无一不备。最多的还是那几百种草药，成束成把的草根木皮，堆积如山，一屋中也就长年为草药蒸发的香味所笼罩。

铺子里间房子窗口临河，可以俯瞰河里来回的柴炭船、米船、甘蔗船。河身下游约半里，有了转折，因此迎面对窗便是一座高山。那山头春夏之际作绿色，秋天作黄色，冬天则为烟雾包裹时作蓝色，为雪遮盖时只一片眩目白色。屋角隅陈列了各种武器，有青龙偃月刀、齐眉棍、连枷、钉耙。此外还有一个似桶非桶似盆非盆的东西，原来这是我那寄父年轻时节习站功所用的宝贝。他学习拉弓，想把腿脚姿势弄好，每个晚上蜷伏到那水桶里去熬夜。想增加气力，每早从桶中爬出时还得吃一条黄鳝的鲜血。站了木桶两整年，吃了黄鳝数百条，临到应考时，却被一个习武的仇人摘发他身分不明，取消了考试资格。他因此赌气离开了家乡，来到武士荟萃的凤凰县卖卜行医。为人既爽直慷慨，且能喝酒划拳，极得人缘，生涯也就不恶。作了医生尚舍不得把那个木桶丢开，可想见他还不能对那宝贝忘情。

他家中有个太太，两个儿子。太太大约一年中有半年都把手从大袖筒缩到衣里去，藏了一个小火笼在衣里烘烤，眯着眼坐在药材中，简直是一只大猫。两个儿子大的学习料理铺子，小的上学读书。两老夫妇住在屋顶，两个儿子住在屋下层桥墩上。地方虽不宽绰，那里也用木板夹好，有小窗小门，不透风，光线且异常良好。桥墩尖劈形处，石罅里有一架老葡萄树，得天独厚，每年皆可结许多球葡萄。另外还有一些小瓦盆，种了牛膝、三七、铁钉台、隔山消等等草药。尤其古怪的是一种名为“罂粟”的草花，还是从云南带来的，开着艳丽煜目的红花，花谢后枝头缀绿色果子，果子里据说就有鸦片烟。

当时一城人谁也不见过这种东西，因此常常有人老远跑来参观。当地一个拔贡还做了两首七律诗，赞咏那个稀奇少见的植物，把诗贴到回生堂武器陈列室板壁上。

桥墩离水面高约四丈，下游即为一潭，潭里多鲤鱼鳜鱼。

两兄弟把长绳系个钓钩，挂上一片肉，夜里垂放到水中去，第二天拉起就常常可以得一尾大鱼。但我那寄父却不许他们如此钓鱼，以为那么取巧，不是一个男子汉所当为。虽然那么骂儿子，有时把钓来的鱼不问死活依然扔到河里去，有时也会把鱼煎好来款待客人。他常奖励两个儿子过教场去同兵将子弟寻衅打架，大儿子常常被人打得头破血流回来时，作父亲的一面为他敷那秘制药粉，一面就说："不要紧，不要紧，三天就好了。你怎么不照我教你那个方法把那苗子放倒?"说时有点生气了，就在儿子额角上一弹，加上一点惩罚，看他那神气，就可明白站木桶考武秀才被屈，报仇雪耻的意识还存在。

我得了这样一个寄父，我的命运自然也就添了一个注脚，便是"吃药"了。我从他那儿大致尝了一百样以上的草药。假若我此后当真能够长生不老，一定便是那时吃药的结果。我倒应当感谢我那个命运，从一分吃药经验里，因此分别得出许多草药的味道、性质以及它们的形状。且引起了我此后对于辨别草木的兴味。其次是我吃了两年多鸡肝。这一堆药材同鸡肝，显然对于此后我的体质同性情都大有影响。

那桥上有洋广杂货店，有猪牛羊屠户案桌，有炮仗铺与成衣铺，有理发馆，有布号与盐号。我既有机会常常到回生堂去看病，也就可以同一切小铺子发生关系。我很满意那个桥头，那是一个社会的雏型，从那方面我明白了各种行业，认识了各样人物。凸了个大肚子胡须满腮的屠户，站在案桌边，扬起大斧“擦”的一砍，把肉剁下后随便一秤，就猛向人菜篮中掼去，“镇关西”式人物，那神气真够神气。平时以为这人一定极其凶横蛮霸，谁知他每天拿了猪脊髓到回生堂来喝酒时，竟是个异常和气的家伙！其余如剃头的、缝衣的，我同他们认识以后，看他们工作，听他们说些故事新闻，也无一不是很有意思。我在那儿真学了不少东西，知道了不少事情。所学所知比从私塾里得来的书本知识当然有趣得多，也有用得多。

那些铺子一到端午时节，就如我写《边城》故事那个情形，河下竞渡龙船，从桥洞下来回过身时，桥上有人用叉子挂了小百子鞭炮悬出吊脚楼，噼噼啪啪的响着。夏天河中涨了水，一看上游流下了一只空船，一匹牲畜，一段树木，这些小商人为了好义或好利的原因，必争着很勇敢的从窗口跃下，凫水去追赶那些东西。不管漂流多远，总得把那东西救出。关于救人的事，我那寄父总不落人后。

他只想亲手打一只老虎，但得不到机会。他说他会点血，但从不见他点过谁的血。一口典型的麻阳话，开口总给人一种明朗愉快印象。

民国二十二年旧历十二月十九日，距我同那座大桥分别时将近十二年，我又回到了那个桥头了。这是我的故乡，我的学校，试想想，我当时心中怎样激动！离城二十里外我就见着了那条小河。傍着小河溯流而上，沿河绵亘数里的竹林，发蓝叠翠的山峰，白白阳光下造纸坊与制糖坊，水磨与水车，这些东西皆使我感动得厉害！后来在一个石头碉堡下，我还看到一个穿号褂的团丁，送了个头裹孝布的青年妇人过身。那黑脸小嘴高鼻梁青年妇人，使我想起我写的《凤子》故事中角色。她没有开口唱歌，然而一看却知道这妇人的灵魂是用歌声喂养长大的。我已来到我故事中的空气里了，我有点儿痴。环境空气，我似乎十分熟悉，事实上一切都已十分陌生！

见大桥时约在下午两点左右，正是市面最热闹时节。我从一群苗人一群乡下人中拥挤上了大桥，各处搜寻没有发现“滕回生堂”的牌号。回转家中我并不提起这件事。第二天一早，我得了出门的机会，就又跑到桥上去，挨家注意，终于在桥头南端，被我发现了一家小铺子。铺子中堆满了各样杂货，货物中坐定了一个瘦小如猴干瘪瘪的中年人。从那双眯得极细的小眼睛，我记起了我那个干妈。这不是我那干哥哥是谁？

我冲近他身边时，那人就说：

“唉，你要什么？”

“我要问你一个人，你是不是松林？”

里间屋孩子哭起来了，顺眼望去，杂货堆里那个圆形大木桶里，正睡了一对大小相等仿佛孪生的孩子。我万万想不到圆木桶还有这种用处，我话也说不来了。

但到后我告给他我是谁，他把小眼睛楞着瞅了我许久，一切弄明白后，便慌张得只是搓手，赶忙让我坐到一捆麻上去。

“是你！是茂林！……”“茂林”是我干爹为我起的名字。

我说，“大哥，正是我！我回来了！老人家呢？”

“五年前早过世了！”

“嫂嫂呢？”

“六月里过去了！剩下两只小狗。”

“保林二哥呢？”

“他在辰州，你不见到他？他做了王村禁烟局长，有出息，讨了个乖巧屋里人，乡下买得三十亩田，做员外!”

我各处一看，卦桌不见了，横招不见了，触目全是草药。

“你不算命了吗?”

“命在这个人手上，”他说时翘起一个大拇指，“这里人已没有命可算!”

“你不卖药了吗?”

“城里有四个官药铺，三个洋药铺。苗人都进了城，卖草药人多得很，生意不好做!”

他虽说不卖药了，小屋子里其实还有许多成束成捆的草药。而且恰好这时就有个兵士来买专治腹痛的“一点白”，把药找出给人后，他只捏着那两枚当一百的铜元，向我呆呆的笑。大约来买药的也不多了，我来此给他开了一个利市。

他一面茫然的这样那样数着老话，一面还尽瞅着我。忽然发问：“你从北京来南京来?”

“我在北平做事!”

“做什么事？在中央，在宣统皇帝手下？”

我就告诉他，既不在中央，也不是宣统手下。他只作成相信不过的神气，点着头，且极力退避到屋角隅去，俨然为了安全非如此不成。他心中一定有一个新名词作祟：“你可是个共产党？”他想问却不敢开口，他怕事。他只轻轻的自言自语说：“城内前年杀了两个，一刀一个。那个韩安世是韩老丙的儿子。”

有人来购买烟扦，他便指点人到对面铺子去买。我问他这桥上铺子为什么都改成了住家户。他就告我，这桥上一共有十家烟馆，十家烟馆里还有三家可以买黄吗啡。此外又还有五家卖烟具的杂货铺。

一出铺子到城边时，我就碰一个烟帮过身。两连护送兵各背了本地制最新半自动步枪，人马成一个长长队伍，共约三百二十余担黑货，全是从贵州来的。

我原本预备第二天过河边为这长桥摄一个影留个纪念，一看到桥墩，想起二十七年前那钵罂粟花，且同时想起目前那十家烟馆三家烟具店，这桥头的今昔情形，把我照相的勇气同兴味全失去了。

母　亲

石评梅

母亲！这是我离开你，第五次度中秋，在这异乡——在这愁人的异乡。

我不忍告诉你，我凄酸独立在枯池旁的心境，我更不忍问你团圆宴上偷咽清泪的情况。

我深深地知道：系念着漂泊天涯的我，只有母亲；然而同时感到凄楚黯然，对月挥泪，梦魂犹唤母亲的，也只有你的女儿！

节前许久未接到你的信，我知道你并未忘记中秋；你不写的缘故，我知道了，只为了规避你心幕底的悲哀。月儿的清光，揭露了的，是我们枕上的泪痕；她不能揭露的，确是我们一丝一缕的离恨！

我本不应将这凄楚的秋心寄给母亲，重伤母亲的心；但是与其这颗心，悬在秋风吹黄的柳梢，沉在败荷残茎的湖心，最好还是寄给母亲。假使我不愿留这墨痕，在归梦的枕上，我将轻轻地读给母亲。假使我怕别人听到，我将折柳枝，蘸湖水，写给月儿，请月儿在母亲的眼里映出这一片秋心。

挹清嫂很早告诉我，她说：

“妈妈这些时为了你不在家怕谈中秋，然而你的顽皮小侄女昆林，偏是天天牵着妈妈的衣角，盼到中秋。我正在愁着，当家宴团圆时，我如何安慰妈妈？更怎能安慰千里外凝眸故乡的妹妹？我望着月儿一度一度圆，然而我们的家宴从未曾一次团圆。”

自从读了这封信，我心里就隐隐地种下恐怖，我怕到月圆，和母亲一样了。但是她已慢慢地来临，纵然我不愿撕月份牌，然而月儿已一天一天圆了！

十四的下午，我拿着一个月的薪水，由会计室出来，走到我办公处时，我的泪已滴在那一卷钞票上。母亲！不是为了我整天的工作，工资微少，不是为了债主多，我的钱对付不了，不是为了发的迟，不能买点异乡月饼，献给母亲尝尝，博你一声微笑。只因：为了这一卷钞票我才流落在北京，不能在故乡，在母亲的膝下，大嚼母亲赐给的果品。然而，我不是为了钱离开母亲，我更不是为了钱抛弃故乡。

你不是曾这样说吗，母亲：

“你是我的女儿，同时你也是上帝的女儿，为了上帝你应该去爱别人，去帮助别人。去吧！潜心探求你所不知道的，勤恳工作你所能尽力的。去吧！离开我，然而你却在上帝的怀里。”

因之，我离开你漂泊到这里。我整天的工作，当夜晚休息时，揭开帐门，看见你慈爱的像片时，我跪在地下，低低告诉你：

“妈妈！我一天又完了。然而我只有忏悔和惭愧！我莫有检得什么，同时我也未曾给人什么！”

有时我胜利的微笑，有时我痛恨的大哭，但是我仍这样工作，这样每天告诉你。

这卷钞票我如今非常爱惜，她曾滴满了我思亲泪！但是我想到母亲的叮咛时，我很不安，我无颜望着这重大的报酬。

因此，我更想着母亲——我更对不起遥远的山城里，常默祝我尽职的母亲！

十五那天早晨很早就醒了，然而我总不愿起来；母亲，你能猜到我为了什么吗？

林家弟妹，都在院里唱月儿圆，在他们欢呼高吭的歌声里，激荡起我潜伏已久的心波，揭现了心幕底沉默的悲哀。我悄悄地咽着泪，揭开帐门走下床来；打开我的头发，我一丝一丝理着，像整理烦乱一团的心丝。母亲！我故意慢慢地迟延，两点钟过去了，我成功了的是很松乱的髻。

小弟弟走进来，给我看他的新衣裳，女仆走进来望着我拜节，我都付之一笑。这笑里映出我小时候的情形，映出我们家里今天的情形；母亲！你们春风沉醉的团圆宴上，怎堪想想寄人篱下的游子！

我想写信，不能执笔；我想看书，不辨字迹；我想织手工，我想抄心经；但是都不能。我后来想拿下墙上的洞箫，把我这不宁的心绪吹出；不过既非深宵，又非月夜，哪是吹箫的时节！后来我想最好是翻书箱，一件一件拿出，一本一本放回，这样挨过了半天，到了吃午餐时候。

不晓的怎样，在这里住了一年的旅客，今天特别局促起来，举箸时，我的心颤跳得更利害；不知是否，母亲你正在念着我？一杯红滟滟的葡萄酒，放在我面前，我不能饮下去，我想家里的团圆宴上少了我，这里的团圆宴上却多了我。虽然人生旅途，到处是家，不过为了你，我才绻恋着故乡；母怀是我永久倚凭的柱梁，也是我破碎灵魂，最终归宿的坟墓。

母亲！你原谅我吧！当我情感流露时，允许我说几句我心里要说的话，你不要迷信不吉祥而阻止，或者责怪我。

我吃饭时候，眼角边看见炉香绕成个 A 字，我忽然想到你跪在观音面前烧香的样子，你惟一祷告的一定是我在外边“身体康健，一切平安”！母亲！我已看见你龙钟的身体，慈笑的面孔；这时候我连饭带泪一块儿咽下去。干咳了一声，他们都用怜悯的目光望我，我不由地低下头，觉着脸有点烧了。

母亲！这是我很少见的羞涩。

林家妹妹，和昆林一样大；她叫我“大姊姊”；今天吃饭时，我屡次偷看她，不晓得为什么因为她，我又想起围绕你膝下，安慰欢愉你的侄女。惭愧！你枉有偌大的女儿；母亲！

你枉有偌大的女儿！

吃完饭，晶清打电话约我去万牲园。这是我第一次去看她们创造成功的学校：地址虽不大，然而结构确很别致，虽不能及石驸马大街富丽的红楼，但似乎仍不失小家碧玉的居处。

因此，我深深地感到了她们缔造艰难的苦衷了！

清很凄清，因她本有几分愁，如今又带了几分孝，在一棵垂柳下，转出来低低唤了一声“波微”时，我不禁笑了，笑她是这般娇小！

我们聚集了八个人，八个人都是和我一样离开了母亲，和我一样在万里外漂泊，和我一样压着凄哀，强作欢笑地度这中秋节。

母亲！她们家里的母亲，也和你想我一样想着她们；她们也正如我般绻怀着母亲。

我们漂零的游子能凑合着在天涯一角，勉为欢笑，然而你们做母亲的，连凑合团聚，互谈谈你们心思的机会都莫有。

因之，我想着母亲们的悲哀一定比女孩儿们的深沉！

我们缘着倾斜乱石，摇摇欲坠的城墙走，枯干一片，不见一株垂柳绿荫。砖缝里偶尔有几朵小紫花，也莫有西山上的那样令人注目；我想着这世界已是被人摒弃了的。

一路走着，她们在前边，我和清留在后边。我们谈了许多去年今日，去年此则的情景；并不曾令我怎样悲悼，我只低低念着：

惊节序，
叹沉浮，
秾华如梦水东流；
人间何事堪惆怅，
莫向横塘问旧游。

走到西直门，我们才雇好车。这条路前几月我曾走过，如今令我最惆怅的，便是找不到那一片翠绿的稻田，和那吹人醺醉的惠风；只感到一阵阵冷清。

进了门，清低低叹了口气，我问问“为什么事你叹息?”她莫有答应我。多少不相识的游人从我身旁过去，我想着天涯漂泊者的滋味，沉默地站在桥头。这时，清握着我手说:

“想什么？我已由万里外归来。”

母亲！你当为了她伤心，可怜她无父无母的孤儿，单身独影漂泊在这北京城；如今歧路徘徊，她应该向那处去呢？纵然她已从万里外归来，我固然好友相逢，感到快愉。但是她呢？她只有对着黄昏晚霞，低低唤她死了的母亲；只有望着皎月繁星洒几点悲悼父亲的酸泪！

猴子为了食欲，做出种种媚人的把戏，栏外的人也用了极少的诱惑，逗着她的动作；而且在每人的脸上，都轻泛着一层胜利的微笑，似乎表示他们是聪明的人类。

我和清都感到茫然，到底怎样是生存竞争的工具呢？当我们笑着小猴子的时候，我觉着似乎猴子也正在窃笑着我们。

她们许多人都回头望着我们微笑，我不知道为了什么！琼妹忍不住了。她说:

“你看梅花小鹿!”

我笑了，她们也笑了；清很注意的看着栏里。琼妹过去推她说：

“最好你进去陪着她，直到月圆时候。”

母亲！梅花小鹿的故事，是今夏我坐在葡萄架下告诉过你的；当你想到时，一定要拿起你案上那只泥做的梅花小鹿，看着她是否依然无恙；母亲！这是我永远留着它伴着你的。

经过了眠鸥桥，一池清水里，漂浮着几个白鹅；我望着碧清的池水，感到四周围的寂静。我的心轻轻地跳了，在这样死静的小湖畔，我的心不知为什么反而这样激荡着?我寻着人们遗失了的，在我偶然来临的路上；然而却失丢了我自己竟守着的，在这偶然走过的道上。

在这小桥上，我凝望着两岸无穷的垂柳。垂柳！你应该认识我，在万千来往的游人里，只有我是曾经用心的眼注视着你，这一片秋心，曾在你的绿荫深处停留过。

天气渐渐黯淡了，阳光慢慢叫云幕罩了；我们踏着落叶，信步走向不知道的一片野地里去。过了福香桥，我们在一个小湖边的山石上坐着，清告诉我她在这里的一段故事。

四个月前清、琼、逸来到这里。过了福香桥有一个小亭，似乎是从未叫人发现过的桃源。那时正是花开得十分鲜艳的时候，逸和琼折下柳条和鲜花，给她编了一顶花冠，逸轻轻地加在她的头上。晚霞笑了，这消息已由风儿送遍园林，许多花草树林都垂头朝贺她！

她们恋恋着不肯走，然而这顶花冠又不能带出园去，只好仍请逸把它悬在柳丝上。

归来的那晚上就接到翠湖的凶耗！清走了的第二个礼拜，琼和逸又来到这里，那顶花冠依然悬在柳丝上，不过残花败柳，已憔悴得不忍再睹。这时她们猛觉得一种凄凉紧压着，不禁对着这枯萎的花冠痛哭！不愿她再受风雨的摧残，拿下来把她埋在那个小亭畔；虽然这样，但是她却造成一段绮艳的故事。

我要虔诚地谢谢上帝，清能由万里外载着那深重的愁苦归来，更能来到这里重凭吊四月前的遗迹。在这中秋，我们能团集着；此时此景，纵然凄惨也可自豪自慰！

母亲！我不愿追想如烟如梦的过去，我更不愿希望那荒渺未卜的将来，我只尽兴尽情地快乐，让幻空的繁华都在我笑容上消灭。

母亲！我不敢欺骗你，如今我的生活确乎大大改变了，我不诅咒人生，我不悲欢人生，我只让属于我的一切事境都像闪电，都像流星。我时时刻刻这样盼着！当箭放在弦上时，我已想到我的前途了。

我们由动物园走到植物园，经过许多残茎枯荷的池塘，荒芜落叶的小径；这似我心湖一样的澄静死寂，这似我心湖边岸一样的枯憔荒凉。我在豳风堂前望着那一池枯塘，向韵姊说：

“你看那是我的心湖!”

她不能回答我，然而她却说：

“我应该向你说什么?”

我深深地了解她的心，她的心是这般凄冷。不过在这样旧境重逢时，她能不为了过去的春光惆怅吗？母亲！她是那年你曾鉴赏过她的大笔的；然而，她如椽的大笔，未必能写尽她心中的惆怅，因为她的愁恨是那样深沉难测呵！

天气阴沉地令人感着不快，每个人都低了头幻想着自己心境中的梦乡；偶然有几句极勉强的应酬话，然而不久也在沉寂的空气中消失了。

清似乎想起什么一样，站起身来领着我就走，她说：“我领你到个地方去看看。”

这条道上，莫有逢到一个人。缘道的铁线上都晒着些枯干的荷叶，我低着头走了几十步，猛抬头看见巍峨高耸的四座塔形的墓。荒丛中走不过去，未能进去细看；我回头望望四周的环境，我觉着不如陶然亭的寥阔而且凄静，萧森而且清爽。陶然亭的月亮，陶然亭的晚霞，陶然亭的池塘芦花，都是特别为坟墓布置的美景，在这个地方埋葬几个烈士或英雄，确是很适宜的地方。

母亲！在陶然亭芦苇池塘畔，我曾照了一张独立苍茫的小像；当你看见它时，或许因为我爱的地方，你也爱它；我常常这样希望着。

我们见了颓废倾圮，荒榛没胫的四烈士墓，真觉为了我们的先烈难过。万牲园并不是荒野废墟，实不当忍使我们的英雄遗骨，受这般冷森和凄凉！就是不为了纪念先贤，也应该注意怎样点缀风景！我知道了，这或许便是中国内政的缩影吧！

隔岸有鲜红的山楂果，夹着鲜红的枫树，望去像一片彩霞。我和清拂着柳丝慢慢走到印月桥畔；这里有一块石头，石头下是一池碧清的流水；这块石头上，还刊着几行小诗，是清四月间来此假寐过的。她是这样处处留痕迹，我呢，我愿我的痕迹，永远留在我心上，默默地留在我心上。

我走到枫树面前，树上树下，红叶铺集着。远望去像一条红毡。我想拣一片留个纪念，但是我莫有那样勇气，未曾接触它前，我已感到凄楚了。母亲！我想到西湖紫云洞口的枫叶，我想到西山碧云寺里的枫叶；我伤心，那一片片绯红的叶子，都给我一样的悲哀。

月儿今夜被厚云遮着，出来时或许要到夜半，冷森凄寒这里不能久留了；园内的游人都已归去，徘徊在暮云暗淡的道上的只有我们。

远远望见西直门的城楼时，我想当城圈里明灯辉煌，欢笑歌唱的时候，城外荒野尚有我们无家的燕子，在暮云底飞去飞来。母亲！你听到时，也为我们漂泊的游儿伤心吗？不过，怎堪再想，再想想可怜穷苦的同胞，除了悬梁投河，用死去办理解决一切生活逼迫的问题外，他们求如我们这般小姐们的呻吟而不可得。

这样佳节，给富贵人作了点缀消遣时，贫寒人确作了勒索生命的符咒。

七点钟回到学校，琼和清去买红玫瑰，芝和韵在那里料理果饼；我和侠坐在床沿上谈话。她是我们最佩服的女英雄，她曾游遍江南山水，她曾经过多少困苦；尤其令人心折的是她那娇嫩的玉腕，能飞剑取马上的头颅！我望着她那英姿潇洒的丰神，听她由上古谈到现今，由欧洲谈到亚洲。

八时半，我们已团团坐在这天涯地角，东西南北凑合成的盛宴上。月儿被云遮着，一层一层刚褪去，又飞来一块一块的絮云遮上；我想执杯对月儿痛饮，但不能践愿，我只陪她们浅浅地饮了个酒底。

我只愿今年今夜的明月照临我，我不希望明年今夜的明月照临我！假使今年此日月都不肯窥我，又那能知明年此日我能望月！在这模糊阴暗的夜里，凄凉肃静的夜里，我已看见了此后的影事。母亲！逃躲的，自然努力去逃躲，逃躲不了的，也只好静待来临。我想到这里，我忽然兴奋起来，我要快乐，我要及时行乐；就是这几个人的团宴，明年此夜知道还有谁在？是否烟消灰熄？是否风流云散？

母亲！这并不是不祥的谶语，我觉着过去的凄楚，早已这样告诉我。

虽然陈列满了珍馔，然而都是含着眼泪吃饭；在轻笼虹彩的两腮上，隐隐现出两道泪痕。月儿朦胧着，在这凄楚的筵上，不知是月儿愁，还是我们愁?

杯盘狼藉的宴上，已哭了不少的人；琼妹未终席便跑到床上哭了，母亲！这般小女孩，除了母亲的抚慰外，谁能解劝她们? 琼和秀都伏在床上痛哭！这谜揭穿后谁都是很默然地站在床前，清的两行清泪，已悄悄地滴满襟头！她怕我难过，跑到院里去了。我跟她出来时，忽然想到亡友，他在凄凉的坟墓里，可知道人间今宵是月圆。

夜阑人静时，一轮皎月姗姗地出来；我想着应该回到我的寓所去了。到门口已是深夜，悄悄的一轮明月照着我归来。

月儿照了窗纱，照了我的头发，照了我的雪帐；这里一切连我的灵魂，整个都浸在皎清如水的月光里。我心里像怒涛涌来似的凄酸，扑到床缘，双膝脆在地下，我悄悄地哭了，在你的慈容前。

想我的母亲

梁实秋

我的母亲姓沈，杭州人。世居城内上羊市街。我在幼时曾侍母归宁，时外祖母尚在，年近八十。外祖父入学后，没有更进一步的功名，但是课子女读书甚严。我的母亲教导我们读书启蒙，尝说起她小时苦读的情形。她同我的两位舅父一起冬夜读书，冷得腿脚僵冻，取大竹篓一，实以败絮，三个人伸足其中以取暖。我当时听得惕然心惊，遂不敢荒嬉。我的母亲来我家时年甫十八九，以后操持家务尽瘁终身，不复有暇进修。

我同胞兄弟姐妹十一人，母亲的煦育之劳可想而知。

我记得我母亲常于百忙之中抽空给我们几个较小的孩子们洗澡。我怕肥皂水流到眼里，我怕痒，总是躲躲闪闪，总是格格的笑个不住，母亲没有功夫和我们纠缠，随手一巴掌打在身上，边洗边打边笑。

北方的冬天冷，屋里虽然有火炉，睡时被褥还是凉似铁。尤其是钻进被窝之后，脖子后面透风，冷气顺着脊背吹了进来。我们几个孩子睡一个大炕，头朝外，一排四个被窝。母亲每晚看到我们钻进了被窝，叽叽喳喳的笑语不停，便过来把油灯吹熄，然后给我们一个个的把脖子后面的棉被塞紧，被窝立刻暖和起来，不知不觉的就睡着了。我不知道母亲用的什么手法，只知道她塞棉被带给我无可言说的温暖舒适，我至今想起来还是快乐的，可是那个感受不可复得了。

我从小不喜欢喧闹。祖父母生日照例院里搭台唱傀儡戏或滦州影。一过八点我便掉头而去进屋睡觉。母亲得暇便取出一个大簸箩，里面装的是针线剪尺一类的缝纫器材，她要做一下缝缝连连的工作，这时候我总是一声不响的偎在她的身旁，她赶我走我也不走，有时候竟睡着了。母亲说我乖，也说我孤僻。如今想想，一个人能有多少时间可以偎在母亲身旁?

在我的儿时记忆中，我母亲好像是没有时候睡觉。天亮就要起来，给我们梳小辮是一桩大事，一根一根的梳个没完。她自己要梳头，我记得她用一把抿子蘸着刨花水，把头发弄得锃光大亮。然后她要一听上房有动静便急忙前去当差。盖碗茶、燕窝、莲子、点心，都有人预备好了，但是需要她去双手捧着送到祖父母跟前，否则要儿媳妇做什么？在公婆面前，儿媳妇永远是站着的，没有座位的。足足的站几个钟头下来，不是缠足的女人怕也受不了！最苦的是，公婆年纪大，不过午夜不安歇，儿媳妇要跟着熬夜在一旁侍候。她困极了，有时候回到房里来不及脱衣服倒下便睡着了。虽然如此，母亲从来没有说过一句怨言。到了民元前几年，祖父母相继去世，我母亲才稍得清闲，然而主持家政教养儿女也够她劳苦的了。她抽暇隔几年返回杭州老家去度夏，有好几次都是由我随侍。

母亲爱她的家乡，在北京住了几十年，乡音不能完全改掉。我们常取笑她，例如北京的“京”，她说成“金”，她有时也跟我们学，总是学不好，她自己也觉得好笑。我有时学着说杭州话，她说难听死了，像是门口儿卖笋尖的小贩说的话。

我想一般人都会同意，凡是自己母亲做的菜永远都是最好吃的。我的母亲平常不下厨房，但是她高兴的时候，尤其是父亲亲自到市场买回鱼鲜或其他南货的时候，在父亲特烦之下，她也欣然操起刀俎。这时候我们就有福了。我十四岁离家到清华，每星期回家一天，母亲就特别疼爱我，几乎很少例外的要亲自给我炒一盘冬笋木耳韭菜黄肉丝，起锅时浇一勺花雕酒，这是我最喜欢的一道菜。但是这一盘菜一定要母亲自己炒，别人炒味道就不一样了。

我母亲喜欢在高兴的时候喝几盅酒。冬天午后围炉的时候，她常要我们打电话到长发叫五斤花雕，绿釉瓦罐，口上罩着一张毛边纸，温热了倒在茶杯里和我们共饮。下酒的是大落花生，若是有“抓空儿”的，买些干瘪的花生吃则更有味。我和两位姊姊陪母亲一顿吃完那一罐酒。后来我在四川独居无聊，一斤花生一罐茅台当晚饭，朋友们笑我吃“花酒”，其实是我母亲留下的作风。

我自从入了清华，以后和母亲在一起的时候就少了。抗战前后各有三年和母亲住在一起。母亲晚年喜欢听评剧，最常去的地方是吉祥，因为离家近，打个电话给卖飞票的，总有好的座位。我很后悔，我没能分出时间陪她听戏，只是由我的姊姊弟弟们陪她消遣。我父亲曾对我说，我们的家所以成为一个家，我们几个孩子所以能成为人，全是靠了我母亲的辛劳维护。三十八年以后，音讯中断，直等到恢复联系，才知道母亲早已弃养，享寿九十岁。西俗，母亲节佩红康乃馨，如不确知母亲是否尚在则佩红白康乃馨各一。如今我只有佩白康乃馨的份了，养生送死，两俱有亏，惨痛惨痛！

父　亲

胡也频

这已是十年前的事了。那时候我才做过七周的生日。我非常地可怜我的父亲。

他整日的低低地叹息，皱着眉头，一个人悄悄地在房子里背着手儿走来走去：看他的样子，是希奇极了，我暗暗地怀疑和不安着。因了胆小的缘故，又不敢去问；只就我的揣测，我断定他这种变态是自那一个夜深时起的，那夜的情形是这样：当我张开了朦胧的睡眼，我便听到从堂屋的正房里送来又坚实又洪亮的响动，和玻璃或磁器打碎的声音，其间还错杂着父亲的叹息和婶婶——我的后母

——的带着吵骂的哭泣。这时，我很害怕，紧紧地拉住乳妈的手腕，低声地问道：

“他们做什么呀?”

“没有事。”她回答，“你乖乖地睡吧!”便轻轻地拍几下我的肩背。

啼哩哗啦的声音又响起来了。

“你听!”于是我又挨近她，说：“大约是那个花瓶摔破了吧?”

“别多话!”她又拍着我。“还不好生的睡去么？明天还得上学哩。”于是她自己便装做睡样，故意的大声地打起呼吸。

“爸爸又生气了！这都是婶婶的不是：她坏透了，我不喜欢她!”这样想着，不久，我也睡着了。

第二天，从学校里回来，我见到父亲，他的脸色便很晦涩，勉强的向我笑着，也是苦恼的样子了。从此后，父亲便没有快乐过，他是衙门也不到了，公文也不批阅了，宾客也不接见了，整日夜只是吸烟，叹息，和悄悄地在书房里背着手儿走来走去。并且，他看见我走到他怀里去，情形也异样了：平常他是很温柔地抚摩我，很慈蔼地和我闲谈；现在只是用力的把我抱了一下，吻了一口，便很凄凉很伤心地说："到乳妈那里去吧，爸爸要做事哩。"他的脸色显现着惨淡，眼里也闪起泪光了。

父亲这样突然的变态，虽然他自己不愿告诉人，也不喜欢人去问他的究竟，可是许多人都知道了，并且替他不安，忧虑，至于大家私下议论着，想着种种补救的方法。

叔祖母说："撵掉她，这样的败坏门风……"

"三弟并不会这个样，"大伯父接上说："只要她肯改过，就算完事了。"

"老三真不幸，"二姑妈也叹息着，"美康的娘多贤德，偏偏又短寿了！"

诸如此类的论调，太多了，但每个人都认为他自己所说的话是对的，是补救我父亲变态的惟一妙法，因此，经了好多次的讨论，其结果，依样是大家带着不经意的愤怒，讥消，谩骂，叹息，和充满着感慨地各走各的路，散开了。

其实，真切的为我的父亲抱着不安和忧虑的，却是默默无言的我的乳妈。她一见到我放下书本，丢下皮球，和不玩各种玩具的时候，便诚恳地对我说：

“美康！你去看一看爸爸罗。”

到我从父亲的书房回来，她迎着我，开头便问：

“美康！爸爸在做什么哩！”带着欢欣的希望的意思。

“在吸烟。”我回答。

“还有什么？”她又问。

我想了一想，说：“他亲我一下嘴。”

于是她静默了，在沉思里叹息道：

“要是太太在世，就不会这个样了！”

乳妈虽说是非常的忧虑，牵挂，觉得我父亲所处的境遇太不幸；然而她从不曾直接地去劝解过，慰问过，只是在有时为我的事情去请示，才乘了这一个说话的机会，隐隐约约地说：

“老爷该保重些，少爷现在还小哩！”

听了这一句话，我父亲确乎感动极了；虽然他还保持他的安静和尊严，在惨然的形色里用平常的声口说：

“你好生地照顾少爷去吧。”

像这样抑制着痛苦的消极着，父亲的脸容便慢慢地益见憔悴了。

自从这个事情发生，大约只过了五天吧，这一个晚上，在堂屋里的保险灯还不曾燃着时候，我的婶婶便从正房里出来，打扮得标标致致地，拿了一个提箱，一面大声地喊道：

“春菊！你打发张来贵叫轿子去！”

父亲听见了，便从书房里走出来。

“春菊！……”婶婶还自喊着。

“你要轿子到哪里去呢？”父亲问。

“你管我！?”婶婶的脸上满着怒气。

“像这样真不成体统！”

“糟踏人，这是成体统的人做的事么?”婶婶用尖利的声音反问。

“你给那个糟踏呢?”

“守活寡，算不得给你糟踏么?”

“那个叫你——”

“那个叫我偷人么?”婶婶打断父亲的话，凶凶地接着说：“哼！偷人！你拿到证据么?捉奸在床上，你是这样么?”

“够了够了!”父亲低下头去，现出无限的感触和羞惭。

然而婶婶却嘤嘤地哭了起来，耸着肩膀，大踏步地走进正房了。接着，玻璃和磁器的打碎声音，便嘀哩哗啦地响了起来。

“唉……”父亲低低地叹息着，垂着头，无力地走回书房去。

这时候，叔祖母，大伯父和大伯娘，以及常住在我家里的二姑妈，因为五姑妈生了一个小表弟，都到李家贺喜去了。所剩的，只有几个当差，丫头和老妈子，以及我和我的乳妈。他们和她们都为了一种身份的悬殊，自认做卑贱和无用吧，都一个一个的躲避去了。我的乳妈，她却极端的愤怒着，看她的牙齿上下的磨擦，可知道她正在要抢白或痛打我的婶婶一番，那样替我的父亲抱着不平了；但她终究是个仆人，并且还充分的带着这仆人阶级的观念，依样胆小，懦怯，不敢坦然实行，只是悄悄地站在西厢房门后，张大着眼睛，远远的切恨罢了。至于我，虽然也曾觉得婶婶的无耻，悍泼，坏得像吃过我的蟋蟀的那只黑鼠一样，和同时觉得父亲的可怜，却也因为了年纪小，没有力量，并且也不知怎样的动作和表现的缘故，只是惊骇地紧紧的挨着乳妈，低低声地问：

“爸爸怎么咧?”

“婶婶坏透了！”以及这样说。

可是乳妈不回答，她老是痴呆呆地望着外面，一直到父亲走回书房去，才转过脸来，视一下我，又温柔又诚恳地说：

“去看爸爸去！爸爸要是在叹气，你就唱歌给他听。记得么？你就唱歌给他听。月亮姊姊！”

我也念着父亲，一听了乳妈这样说，便很快地跑去了。

“爸爸！”到了书房门口，我喊。

父亲似乎不曾听见，他还在一声一声的叹着气。

“爸爸！爸爸！”于是我又连着喊，并且大声了。

“你来做什么呢？”父亲一面开起门，一面问，“你今天是算学课么？”他的叹气已停止了。

“是的，爸爸！”我回答，便走了进去。

父亲转过身，坐在书橱旁边的躺椅上，将我抱在他的怀里。他轻轻地抚摩我的头发，摸我的脸，还用他的嘴唇来亲我的嘴。

“痒咧。”我忽然说，因为他的胡须又长长了。

“真的，”他赶紧接上说，“爸爸好几天忘了刮胡子了。”于是，他便将脸颊挨着我，安静而且慈蔼地挨着我。这样的经过了很长久的时候了，他才偏开脸去，微笑地说：

“这不痒么？”

“不痒。”

他微笑了。

但不久，似乎快乐的笑意刚刚到了唇旁，父亲又忽然很愁苦的沉默了。他的疲倦的眼睛呆望着挂在壁上的一张年青女人的像片。从他的脸上，我看出父亲又沉思在既往的恩爱里，想念着无可再得的一种家庭幸福了。

“爸爸!”我害怕父亲这样的沉默，便叫他。

但他的眼睛还盯着壁上。

“爸爸，他又想到妈妈了!”于是我悄悄地想着。

这样，仿佛有很久了，父亲才恍然转过脸来，问我:

“美康! 你认得那像片么?”似乎他已忘却常常告诉我的话了。

“是妈妈!”我回答。“妈妈，她前几天还来到我床上哩!”我想起做过的那个梦子。

“妈妈好么?”

“好!”

“你喜欢妈妈不是?”

“喜欢。”我看一下他的脸，接下说：“爸爸，你也喜欢……”

因为我忽然想到父亲的苦恼，以下的话便咽住了。

但父亲已低了头，摇起腿儿，很伤心地沉默了。

他的眼里便慢慢地闪起了泪光。

“你到乳妈那里去吧，爸爸现在要做事哩。”他终于托故的说。

于是从他的怀里，把我抱下去，同时他自己也站了起来，又开始那种无聊赖的背着手儿走来走去了。

“爸爸又快活了!”我想，却还站在门边，望着他。

“你去吧，”他又要我走。“到乳妈那里去，念一点书……爸爸现在也要睡去了。”

这一夜，也和平常一样，做过了我所习惯的固定的事情，乳妈便把我躺到床上，拍着我，不久我便睡着了。在睡里，我迷糊地看见许许多多像霞彩那样的幻影，以及年青的母亲的微笑，和长满着胡须的父亲的苦恼，叹息，……

“妈妈要来抱我哩!”在梦里我见到母亲向我走来，张开着双臂，我这样暗暗地说。

然而正在欢乐的迷离的时候，忽然奔来了一种异样的纷乱和叫喊，像市场里屠宰牲口似的，于是我惊醒了。

“乳妈！乳妈!”我恍惚的彷徨地喊。

“乳妈在这里!”她赶紧安慰我，轻轻地拍着我的背上。“你乖乖地睡吧，乖乖地睡吧!”

于是我又睡着了。

第二天，我醒起来，乳妈便非常忧戚的向我说：

“美康！今天不要上学校去了；现在和我看爸爸去吧!”她的声音凄切极了。

到我们走进父亲书房，那里面已纷纷乱乱地塞满着人了。这时候，父亲是直挺挺地躺在木榻上，闭着眼睛，胸部不住地起伏着，嘴旁流着涎沫，脸色又憔悴又惨白，在他的身体的周围流荡着一种熏臭的酒的气味。那张挂在壁上的我母亲的像片，已紧紧地被他的手重重的压在胸前，有些损坏了。

“你丢下我！你怎样的忍心！你丢……”

在许多人忙乱的里面，我常常听见父亲在沉醉中这样又悲伤又凄惨地一声声的喊着。

母　亲

李霁野

我的脚已经跨进母亲卧室的门限了，还听得母亲向报信的大姊说："不用再哄我了，他那里会回来！"

然而我竟快步走到母亲的病榻前，而且坐在床沿上，这在母亲自然是意外的大欢喜。母亲惊喜得哭了，我也不自觉地随着母亲啜泣。紧握着母亲的手，我知道母亲心里的经过是怎样的：昔日想念的悲感一时都涌上心头，而眼前的事实，不容易即刻使过去与现在融合，就和严冬的阳光不能即刻融化积久的冰冻一样，因此实感是介乎梦与现实之间，心绪是喜忧不定的。凝视着母亲的脸面，时间与疾病在她身上所造成的变易使我惊愕。略问了我离家几年的经过，母亲就嘱咐我去休息，说了几句慰安的话后，我也就走出母亲的卧室去了。

戚友间已经传遍了我到家的消息，我的屋子中充满了来客。有一位极亲热地招呼我，使得我不好问姓名了，他出去后我一问，却惹起哄堂的惊笑来了：“呀，不认得你兄弟啦!”

这才使我想起来他原来是我离家时还小的耕弟。其余的几个小弟弟和侄子，也都一个不认得，他们都惊奇地看着我，仿佛我是异乡的来客。不禁想起“儿童相见不相识”的诗句。

到各屋走了一遭，前后院里散了散步，渐渐才惯于因久隔而生疏的旧环境，心里感到淡淡的近乎欢喜的情绪。

最不容易忘记的是小时伴着母亲作针线活的情景。母亲是生长在乡间的人，因此很勤俭，我和弟弟们穿用的鞋袜，都是母亲亲手作成的。每当晚间，尤其在冬天，母亲总是傍着油灯，为我们作鞋底。鞋底上匀整地排着粒粒的麻线点，看来很有趣而且使人欢喜。有时我以为母亲或许讨厌这单调的工作罢，就劝她休息，然而她说：“这并不累人，做事倒比闲着好的。”

在工作中母亲显然有着她的欢喜在。

母亲最爱谈家常，我听来也好像谈故事一样，因为她所说的总是以前的有趣的小事，或是她小时所经历的事故。例如她所说的一个八哥，我现在还记得，并且觉得在这件小事上，仿佛也可以看出前后世代生活的不同似的。她说我们集镇的南头，有一位老太太养了一只八哥。这八哥很灵巧，能说许多话，还能作许多事，而最令人吃惊的，是它能口衔老太太给它的钱，飞过几里路到集镇的北头，找到卖针的铺子，把钱放在柜台上，叫道："买花针呀！"于是又衔着它所买到的针，回到老太太那里去。以后这八哥被鹰所伤，调治无效，死去了。老太太像死了心爱的儿子一样，伤心地哭了好些时。……以后我家里也养过颇伶俐的八哥，能认清几个常来的客人，一见他们就向家里人叫道："□□来啦，冲茶呀，打酒呀！"

再以后，别的人家也养过能说几句话的八哥，然而较之那八哥，真是"一代不如一代"了。

有一次谈到祖母，母亲说："活着不觉怎样，死后倒常常想念起来了。时常梦见奶奶，还是和生时一样，衣服也没有改。"

我说我也时常梦见祖母，而且说祖母和生时一样待我好，母亲带着凄伤的神气笑了。彼时母亲心里一定有种我所不能了解的悲感。我们彼此都沉默了。

现在这伴着母亲在灯下作事谈话的景况，真是像年久的古画一般呈现在我的眼前，而于母亲所说的八哥等故事，更觉得有着很远很远的距离了。

在高等小学毕业后，我离家到一个师范学校读书，要寒暑假才能回去一次，母亲一接到报告什么时候放假的信后，总天天计算着什么时候我可以到家。到家后，母亲总亲自作各样菜给我吃。我也从母亲学了几种烹调的法子。

从师范学校被挤走，我就流落到 A 城，从春季一直到深冬。到了年节了，处处响着炮竹，心里不禁想到母亲临别时的难过，而且想起我随意写在日记本中的记事：

不过才整顿行装，母亲却问我何时归去。

蕴藏着多少悲哀，离别时母亲的心中，姊姊的泪里？

然而那时候我是居住在一个很快乐的朋友的家庭里的，只好强作欢乐和别人一同说笑。将近晚餐的时候，外面和屋里都更热闹了，我的心里却更形孤苦：我知道母亲在这样时节会加倍地难过。谈话从东到西、从南到北，渐渐谈到故乡了，W 君的母亲，一位慈祥的老人，无意中说到我母亲天天极想念我，而且说她这时候一定更想念我了。我的感情像燃了火的火药一样爆发了，我控制不住我的眼泪，我失声哭了。但是周围的空气随即勉强我恢复了冷静的自我……

到北京后，虽然母亲的影子还时时闪上心头，而且还有和母亲一般慈爱的老父，乡思却随年月而逐渐冷却。然而母亲病重的消息传来了，虽然受了内战的赐与，我们几于没有路可走，却也不得不绕道回到我多年不见的故里了。

母亲的病实在已经很沉重了，天天苦痛地呻吟着，我还和小时在晚间一样，天天坐在母亲身旁，然而这是何等不同的景况！眼见着亲爱的人沉没在难堪的苦痛中，自己却毫无法想，人生有着比这更大的不幸吗？我甚至连画符的事也不决然反对了，因为觉得只要能使母亲心中稍安片时就好，而且在我眼中，那些看病的中医西医们的医术，也和画的符相差不多。这原不过是人生的大谎中的一种！

疼痛稍定的时候，母亲就和我叙些别后的情况，我也就略说说几年来经过的事。我说七八年的时光，不知不觉地就随便过去了；母亲说这几年的时光却觉得不知有怎样长。母亲说要早知道这样，就不准我远道就学，而且说，这样读书，弟弟们就不让再上学了。我知道母亲心中有着何等的哀思，我默然低着头，觉得自己仿佛是一个罪人一样……

有两个年纪小的弟弟，白天去上学，晚间回到母亲房中，大概觉得空气很抑郁，也现不出少年应有的欢喜像来。他们实在太不幸了，既受不到祖母的爱，母亲现在又病得如此。有一天，晚间我有点闲暇，为他们说《一千零一夜》中的故事，他们倾听着，正如我以前倾听祖母说《牛郎和织女》，母亲说八哥等小故事一样热心。然而以后母亲蔼婉地向他们说："让大哥歇一歇，等我好了，教大哥好好地天天给你们说故事，乖孩子。"

弟弟们听从了，我也因为疲劳与忧郁，以后就没有给他们讲故事的力量和兴趣了。

一天一天地母亲的病总没有起色，有时含着深的悲痛，她默祝死神的来临。

我也觉得死并不比这苦难更为可悲。留在母亲的身旁，在我实在是一种难堪的苦楚。在母亲一方面是一种慰安，一方面也是一种伤心的悲剧。三个月的暑假已经过去了，母亲虽然舍不得，但却有一种其他的感情使她说："回北京去，去毕业去。我的病是可以好的。"

我也说不好是被怎样的一种感情所驱使，决然地离开了病危的母亲，回到我并无所留恋的沙漠。几个月后接到耕弟报告母亲逝世的信，我漠然地并没有下一滴泪；时间与世事已经硬化了我的心肠，而且母亲的死并不比她的病给我更大的悲伤。

悲哀的玩具

李广田

依然不记得年龄，只知道是小时候罢了。

我不曾离开过我的乡村——除却到外祖家去——而对于自己的乡村又是这样的生疏，甚且有几分恐怖。虽说只是一个村子吧，却有四里长的大街，漫说从我家所在的村西端到街东首去玩，那最热闹的街的中段，也不曾有过我的足迹，那时候我的世界是那样狭小而又那样广漠呀。

父亲在野外忙，母亲在家里忙，剩下的只有老祖母，她给我说故事，唱村歌，有时听着她的纺车声嗡嗡地响，我便独自坐在一旁发呆。这样的，便是我的家了。

我也常到外面去玩，但总是自己个。街上的孩子们都不和我一块游戏，即使为了凑人数而偶尔参加进去，不幸，我却每是作了某方面失败的原因，于是自己也觉得无趣了。起初是怕他们欺侮我，也许，欺侮了无能的孩子便不英雄吧，他们并不曾对我有什么欺侮，只是远离我，然而这远离，就已经是向我欺侮了，时常，一个人踽踽地沿墙角走回家去，“他们不和俺玩，”这样说，一头扑在了祖母的怀里，祖母摸着我的头顶，说，“好孩子，自己玩吧。”

虽然还是小孩子，寂寞的滋味是知道得很多了。到了成年的现在，也还是苦于寂寞，然而这寂寞已不是那寂寞，现在想起那孩子时代的寂寞，也觉得是颇可怀念的了。

父亲老是那么阴沉，那么严峻，彷佛历来就不曾看见过他有笑脸，母亲虽然是爱我——我心里如是想——但她从未曾背着父亲给我买过糖果，只说，“见人家买糖果就得走开。”虽然幼小，也颇知道母亲的用心了，见人家大人孩子围着敲糖锣的担子时，我便咽咽唾沫，幽手幽脚地走开，后来，只要听到外面有糖锣声，便不再出门去了。

实际上说来，那时候也就只有祖母一个人是爱我的，她尽可能地安慰我，如用破纸糊了小风筝，用草叶作了小笛，用秫秸扎了车马之类，都很喜欢。某日，我刚从外边回家，她老远地用手招我，低声说，“来。”

我跑去了，“什么呢，奶奶。”我急喘地问。

“玩艺儿，孩子、”奶奶一边说，从针线筐里取出一包棉花，伸开看时，里面却是包了一只小麻雀。我简直喜得雀跃了。

“哪来的麻雀呀，奶奶。”

“拾的，从檐下。八成是它妈妈从窝裏带出来的。”

“怎样带到地下来?”

“傻孩子！大麻雀在窝里抱它，要到外面去给它打食，不料出窝时飞得太猛了，就把它带了出来，几乎把它摔死哩。”

我半信半疑地，心里有点黯然了，原是只不幸的小麻雀呀，然而我有了好玩具了。立刻从下取出了小竹筐，里面铺了棉花，上面蒙了布片，这就是我的鸟笼了。饿了便喂它，我吻它那黄嘴角；不饿也喂它，它却不开口了。携了竹筐在院里走来走去，母亲见了说，“你可有了好玩物了。”

这时，我心里暗暗地想道：那些野孩子，要远离就远离了吧，今后我就不再出门了，反正家里有祖母，又有了这玩物，要它长大起来能飞的时候就更好了。

晌午，父亲从野外归来，照例，一见他便觉得不快，但，我又怎晓得养麻雀是不应当呢！

“什么？”父亲厉声问。

“麻——雀——。”我的头垂下了。

“拿过来！”话犹未了，小竹筐已被攫去了；不等我抬起头来，只听忽地一声，小竹筐已经飞上了屋顶。

我自然是哭了，哭也不敢高声，高声了不是就要挨打吗？当这些场合，母亲永是站在父亲一边，有时还说“狠打！狠打！”似乎又痛又恨的样子。有时候母亲也曾为了我而遭父亲的拳脚，这样的心，在作为小孩子的我就不大懂得了。最后，还是倒在祖母怀里去啜泣。这时，父亲好像已经息怒，只远远地说：“小孩子家，糟践信门，还不给我下地去拾草去！”接着是一声叹气。

祖母低声骂。说，“你爹不是好东西，上不痛老的，下不痛小的，只知道省吃俭用敲坷垃！不要哭了，好孩子，到明天奶奶爬树给你摸只小野鹊吧。”一边说一边给我擦眼泪。

哭一阵，什么也忘了，反正，这类事是层出不穷的。究竟那只小麻雀的下落怎样，已经不记得了。似乎到了今日才又关心到二十年前的那只小麻雀，那只不幸的小麻雀，我觉得它是更可哀的了，离开了父母的爱，离开了兄弟姊妹，离开了温暖的巢穴被老祖母捡到了我的小竹筐里，不料又被父亲给抛到那荒凉的屋顶上去，寂寞的小鸟，没有爱的小鸟，遭了厄运的小鸟!

在当时，确是恨父亲的，现在却是不然：反觉得他是可悯的。每当我想起：一个头发已经斑白的农夫，还是披星戴月地忙碌，为饥寒所逼迫，为风日所摧损，前面也只剩下短短的岁月了，便不由地悲伤起来。而且，他生自土中，长自土中，从年少就用了他的污汗去灌溉那些砂土，想从那些砂土里去取得一家老幼之所需，父亲有那样的脾气，也是无足怪的了。听说，现在他更衰老了些，而且也时常念想到他久客他乡的儿子。

望断天涯儿不归

谢冰莹

妈妈：

情感逼着我写这封信给你。

在朔风凛冽的深夜，在一切人们的鼾睡声中，你决想不到你的女儿会披衣起来，燃上蜡烛给你写信。是的，你决不会想到这个上面来，因为你早已说过：“她是逆子，无论娘死娘活。她是不记挂家里的。”

妈妈，我也用不着向你忏悔，因为我并没有做错事，我要对你说的是底下的话——这些话也许能安慰你，也许更使你伤感，由伤感而得病，由病……妈呀，我怎好写出以下的字呢？

我离开你整整地过了五个冬了！妈妈，你大概每到冬天都在念着我吧？而我是很少有时间想到你的。不过今年来，我时时梦见你，梦见你白发苍然，面容憔悴。一天的黄昏时候，在一个深山古庙里，你牵住我的衣裳流泪，我说：“时候到了，我有重要事去做，妈，不要拉住我吧！”你还是紧紧地拉住我不放。我不管你的难受，竟忍心使劲地一摔，脱离你逃走了。扑通一声，你倒在地下，待我回头看时，见不着你，只听到一声声凄凉的敲碎离心的梆声——原来我已由梦中惊醒了！……

妈妈，你该记得很清楚吧？那是六年前的冬天，二、三哥和我都回来了，姐姐也在家，只有大哥远去益阳。你说：“他是不听话的坏东西，愿意在外边流浪，看他老了还要家不?”“人生能得几回圆?”父亲说这话时，我们都静默地听着，各人的心弦上都不约而同的弹着伤感之曲。然而现在呢？妈妈，二哥是离了人世，我是等于和二哥一样的，虽然还活着，但是何时能见到你呢？妈妈，我们此生还有见面的一天吗？唉！

三哥告诉我，他为了生活的压迫，今年也不能回家过年；大哥是早离开了故乡的，那么妈妈，今年的冬天、你认为“围炉团聚有无限天伦乐趣的冬天，将怎样过去呢？妈妈，父亲还没有回来吧？他的胡须想来长得更深更白了，牙齿大概都脱了吧？他还记念我不？还想用他的皮袍裹着他的爱女——风陀陀，我小时的乳名——唱着催眠歌吗？提到皮袍，我又难过起来。去年三哥走时，曾留下六十元给我，要我替父亲买件皮袍寄回去，并且说：“父亲这样年纪了，知道他还能穿我几件皮袍？你一定要买回去，不要将钱花了！”而我正在他的意料中将钱花了，但是我并不是乱花，是为的吃饭呵！妈，一个人需要饭吃，这总是正当的，应该的吧！今年三哥又来信催我借钱买皮袍给父亲了，我明知他等着要穿，然而我往何处去借呢？自己一个人的生存尚且顾不了，哪里能顾到其他呵。我是逆子，妈，我始终是一个不能孝顺你们的逆子呵！

我想到你，妈，就要为你下泪！你太凄凉，你太悲苦，你苦心养大的孩子们，一个个都变成了你的叛徒，到如今，死的死了，活的远走高飞，你希望“儿女长成好享福”的梦打碎了，打个粉碎了！妈，这怎不叫你伤心呢！你是旧的脑筋，旧的思想，旧的生活……一切旧的支配了你整个的人生，整个的命运。妈，有什么办法呢！在旧的社会毁灭，新的社会建设这过程中，像你们这样的人是免不了要痛苦的。但这种痛苦并不是你女儿以及那无数万像你女儿一样的这类叛徒——你所认为的叛徒——赐给你们的。妈，不要怨恨吧，我们正在开始创造比你想的更完善，更快活，更幸福的家庭呵！那个家庭实现以后，世界上的人，都不会有痛苦了。你大概明白我的意思吧，我曾经在家对你说过许多次的。

三哥前天来信说：“我亲爱之父母，何不幸而有此凄凉寂寞之暮年。”我是早就想到了的！妈妈，前年冬天你还写过两次信来催我回去，后来我不但没有回来，而且连信也没有一封给你，因此现在再也见不到你的片纸只字了。妈，我想你，想我的父亲，还有和善的姐姐、嫂嫂，天真活泼的侄儿、外甥，和疼爱我的姨妈、六祖母，我都想见她们，然而，哪里能够呢？连吃饭的钱都没有，哪来的路费呵！

妈，你和父亲常说自己是风烛残年，活一天算一天。其实我又何尝不是一样呢？虽然我是个年纪轻轻，身体强壮，精神活泼的孩子，但是旧社会的恶魔，正在张开血嘴，吃这些有血气，精神勇敢，年纪轻轻的孩子呵！……妈，我说的太远了，还转回来吧！

我对你也实在太残酷了！为什么连半个字都不给你呢？我已经得到胜利了，为什么还在怨恨你呢？我不该对你残酷，我应以残酷对待施予我们压迫和痛苦的敌人，妈，我要给你写信，此后再不那样固执了。

我并不以飘泊为苦：四海为家，哪里都可安身，即使永远离开你了，也不会怎样感到悲哀，我有我的事业要干；妈呵，哪有时间容许我来思家！

我想你，在今晚我的确特别想你！我恨不能马上插翅飞到你的面前，倒在你温暖慈爱的怀里痛哭一场。妈，你不是对惠的母亲说过这样的话吗：“我只要见她一面，死也心甘！”唉！这是多么沉痛的话呵，你是轻轻地说出，而我却重重地受到了心的打击，我哭不出泪来，我只深深地叹了一声冷气。

“不要难受，只要每月有封信寄回，你的母亲也如见到你一般的。”我听了惠的母亲的话，我不敢抬头望她了。妈，我对不住你，我为什么不给你来信呢？我太自私，我对你的怀恨，还没有消失。难道我真是个铁石心肠吗？不！妈妈，我是最重情感的人，我对人从不会残酷，只要不是敌人。我想你，我在热烈地想你！现在我完全恢复六年前的情感了，妈呵，我爱你，我永远地爱你！

我明明知道你之所以对我那样残酷，也无非是为了维持封建关系的原故，其实你的心里何尝忍心使你的女儿生生地和自己分离，任她在外边过着流浪的生活呢？说老实话，亲爱的妈，我一点也不苦痛，我从没有感到我过的是流浪生涯，但在你，早已觉得，我的生活在全家的人说来，算是最可怜了！然而，妈，你们才是真正可怜呵！我虽然常常感到物质生活的苦痛，但精神永远是愉快的，活跃的。妈，你知道我们的理想，你认为永远不能实现的理想，快要在我们的努力与奋斗中，完成它最后的使命了吗？虽然现在的环境一天比一天不同，反动的空气一时比一时紧张，我们在兴奋时连痛快地谈话，唱唱我们的歌都不可能，但是我们在每天睡前的微笑，是希望明天太阳来到的象征；我们千千万万的同志们种下的革命种子，现在将得到收获了！灿烂的鲜花快开遍整个的中华了！统治者的加紧压迫，即是表示革命到了尖锐化的时期，他们的最后挣扎，就是我们的最后胜利的开始！妈，你快活吧，你的女儿写到这里，精神忽然兴奋起来，她想抱着你狂吻呢。

守岁烛

缪崇群

蔚蓝静穆的空中，高高地飘着一两个稳定不动的风筝，从不知道远近的地方，时时传过几声响亮的爆竹，——在夜晚，它的回音是越发地撩人了。

岁是暮了。

今年侥幸没有他乡作客，也不曾颠沛在那迢遥的异邦，身子就在自己的家里；但这个陋小低晦的四围，没有一点生气，也没有一点温情，只有像垂死般地宁静，冰雪般地寒冷。一种寥寂与没落的悲哀，于是更深地把我笼罩了，我永日沉默在冥想的世界里。

因为想着逃脱这种氛围，有时我便独自到街头徜徉去，可是那些如梭的车马，鱼贯的人群，也同样不能给我一点兴奋或慰籍，他们映在我眼睑的不过是一幅熙熙攘攘的世相，活动的，滑稽的，杂乱的写真，看罢了所谓年景归来，心中越是惆怅地没有一点皈依了。

啊！What is a home without mother?

我又陡然地记忆起这句话了——它是一个歌谱的名字，可惜我不能唱它。

在那五年前的除夕的晚上，母亲还能斗胜了她的疾病，精神很焕发地和我们在一起聚餐，然而我不知怎么那样地不会凑趣，我反郁郁地沉着脸，仿佛感到一种不幸的预兆似的。

“你怎么了？”母亲很担心地问。

“没有怎么，我是好好的。”

我虽然这样回答着，可是那两股辛酸的眼泪，早禁不住就要流出来了。我急忙转过脸，或低下头，为避免母亲的视线。

“少年人总要放快活些，我像你这般大的年纪，还一天玩到晚，什么心思都没有呢。”

母亲已经把我看破了。

我没有言语。父亲默默地呷着酒；弟弟尽独自挟他所喜欢吃的东西。

自己因为早熟一点的原故，不经意地便养成了一种易感的性格。每当人家喜欢的时刻，自己偏偏感到哀愁；每当人家热闹的时刻，自己却又感到一种莫名的孤独。究竟为什么呢？我是回答不出来的……

——没有不散的筵席，这句话的黑影，好像正正投满了我的窄隘的心胸。

饭后过了不久，母亲便拿出两个红纸包儿出来，一个给弟弟，一个给我，给弟弟的一个，立刻便被他拿走了，给我的一个，却还在母亲的手里握着。

直纸包里裹着压岁钱，这是我们每年所最盼切而且数目最多的一笔收入，但这次我是没有一点兴致接受它的。

“妈，我不要罢，平时不是一样地要么？再说我已经渐渐长大了。”

“唉，孩子，在父母面前，八十岁也算不上大的。”

“妈妈自己尽辛苦节俭，那里有什么富余的呢。”我知道母亲每次都暗暗添些钱给我，所以我更不屈意接受了。

“这是我心愿给你们用的……”母亲还没说完，这时父亲忽然在隔壁带着笑声地嚷了：

“不要给大的了，他又不是小孩子。”

“别睬他，快拿起来吧。”母亲也抢着说，好像哄着一个婴孩，惟恐他受了惊吓似的……

佛前的香气，蕴满了全室，烛光是煌煌的。那慈祥，和平，闲静的烟纹，在黄金色的光幅中缭绕着，起伏着，仿佛要把人催得微醉了，定一下神，又似乎自己乍从梦里醒觉过来一样。

母亲回到房里的时候，父亲已经睡了；但她并不立时卧下休息，她尽沉思般地坐在床头，这时我心里真凄凉起来了，于是我也走进了房里。

房里没有灯，靠着南窗底下，烧着一对明晃晃的蜡烛。

“妈今天累了罢?”我想赶去这种沉寂的空气，并且打算伴着母亲谈些家常。我是深深知道我刚才那种态度太不对了。

“不——”她望了我一会又问，“你怎么今天这样不喜欢呢?”

我完全追悔了，所以我也很坦白地回答母亲：

“我也说不出为什么，逢到年节，心里总感觉着难受似的。”

“年轻的人，不该这样的，又不像我们老了，越过越淡。”

——是的，越过越淡，在我心里，也这样重复地念了一遍。

“房里也点蜡烛作什么?”我走到烛前，剪着烛花问。

“你忘记了么？这是守岁烛，每年除夕都要点的。”

那一对美丽的蜡烛，它们真好像穿着红袍的新人。上面还题着金字：寿比南山……

“太高了一点吧?”

“你知道守岁守岁，要从今晚一直点到天明呢。最好是一同熄——所谓同始同终——如果有剩下的便留到清明晚间照百虫，这烛是一照影无踪的……”

……

在烛光底下，我们不知坐了多久；我们究竟把我们的残余的，惟有的一岁守住了没有呢，那怕是蜡烛再高一点，除夕更长一些?

外面的爆竹，还是密一阵疏一阵地响着，只有这一对守岁烛是默默无语，它的火焰在不定的摇曳，泪是不止的垂滴，自始至终，自己燃烧着自己。

明年，母亲便去世了，过了一个阴森森的除夕。

第二年，第三年，我都不在家里……是去年的除夕罢，在父亲的房里，又燃起了“一对”明晃晃的守岁烛了。

——母骨寒了没有呢？我只有自己问着自己。

又届除夕了，环顾这陋小，低晦，没有一点生气与温情的四围——比去年更破落了的家庭，唉，我除了凭吊那些黄金的过往以外，那里还有一点希望与期待呢？

岁虽暮，阳春不久就会到来……

心暮了，生命的火焰，将在长夜里永久逝去了！

亲爱的父亲

张允和

1938 年深秋，那时我和有光在雾重庆有一个温暖的小家。一天早上我正要到枣子岚垭去参加曲会，有光问我：“今天还要去吗？”我说：“是呀，有什么事吗？”他支吾着：“我没什么事，你去吧。”往日我每次去，他总要说“早点回来”，今天话语有些吞吞吐吐，神色不对。我有些迟疑，但还是去了。心里不踏实，只唱了一个曲子就匆匆赶回了家。一切却是很平静的样子，照常的午休、下午茶。晚饭后，有光轻轻地走到我身边，拿给我看一封电报：“父逝，告弟妹”，是大姐打来的。

我把电报放在枕头底下，整整哭了一夜。

人一落生，世上最亲最亲的两个人，顶顶疼爱我们的爸爸、妈妈，都没有了。爸爸在世时，即使相隔再远，也总幻想有一天能全家相聚，再重温童年幸福的生活。爸爸去了，那无限美好的时光将永远只能留在梦里了。

1921 年，父亲坐在母亲的棺木旁，久久凝视着母亲年轻美丽苍白的脸，凭人怎么劝也不让盖棺盖的情景，一遍遍在我眼前出现，如今他们又团圆了，妈妈还是那么漂亮吗？我的永远不老的爸爸、妈妈……

我的曾祖父张树声清同治年间曾在苏州任江苏巡抚，后升任两广总督等职。曾祖父生有九个儿子，祖父张云端是长子，曾任过四川川东道台。祖父膝下无子，父亲是从五房抱过来的。父亲四个月时正好祖父要上任，就带上父亲和奶妈乘船同去。船日夜行驶在惊涛骇浪中，巨大的声响伤害了小婴儿的耳膜，父亲从此终生听力不好。

祖父死在任上，父亲回到安徽合肥张家老宅。

当时合肥有五大家族：周、李、刘、蒯、张，张家敬陪末坐，也算得是望族。合肥西乡的田大多是张家的，东乡的田大都是李（即李鸿章）家的。刘家后来到上海办金融，很开明。张家和刘、李两家都有姻亲。

当地有民谣《十杯酒》，记得其中两句：一杯酒，酒又香，合肥出了李鸿章……三杯酒……合肥又出张树声……

家里有万顷良田，每年有十万担租，是典型的大地主家庭。父亲可能是因为很早就离开了老家接受了新思想，他完全冲出了旧式家庭的藩篱，一心钻进了书堆里。这个家庭带给他的最大便利和优越条件是他可以随心所欲地买书。他痛恨赌博，从不玩任何牌，不吸任何烟，一生滴酒不沾。

父亲 17 岁结婚，妈妈比他大四岁。达理知书温良贤德的母亲不但担起了管理一个大家庭的重任，而且一直像大姐姐一样爱护、关心、帮助父亲。

辛亥革命后，1913 年，父亲带全家搬到上海。那时我 22 个月，叫名（虚岁）3 岁。我们住的是一个石库门的大房子，七楼七底，还有亭子间，院子很大，可以摆十几桌酒席，月租金是 200 两银子。如果不是发生了一个意外事件，也许我们还会在上海住下去。

1916 年，祖母去世了，丧事办得场面很大，家里每天有十几桌客人，还请了和尚念经和放焰口。忙乱中，突然有一天发现大门口有一颗炸弹，全家人都吓坏了，出丧的日子比预定提前了几天，家里怕出问题，没让我们站在孝子孝孙的队伍里，孝棚里的许多东西也是假的。好在没出什么大问题。为了避免再有意外，1917 年，全家搬到苏州。

在苏州，我们度过了一生中最幸福的日子，父亲对书籍的热爱和对知识的渴求也得到了最大限度的满足。当时能订到或买到的所有报纸他都要看，《申报》、《新闻报》、《苏州明报》、《吴县日报》等，以及一些比较出名的小报，如《晶报》、《金钢钻报》等。至于家里的藏书，在苏州是出了名的，据讲不是数一也是数二。家里专门有两间很大的房间，四壁都是高及天花板的书架，整整齐齐摆满了书。除了为数不少的善本和线装书外，父亲不薄古人也爱今人，现代和当代出版的书籍，各种名著和一般的文艺作品他都及时买进。尤其是“五四”以后一些最新鲜最富营养的作品，如鲁迅先生的作品和许多流派的新书名著他都一本不漏。

大姐元和曾回忆说：“父亲最喜欢书，记得小时候在上海，父亲去四马路买书，从第一家书店买的书丢在第二家书店，从第二家买的书丢在第三家书店……这样一家家下去，最后让男仆再一家家把书捡回来，住的饭店的房间中到处堆满了书。”在苏州的闹市观前街上，有两家规模较大的书店，老板、伙计都与父亲很熟悉，父亲一去他们就陪着在书架前挑选。平时书店进了新书就整捆地送到家里来，父亲买书都是记账的，逢年逢节由管家结账付钱。当时苏州的缙绅富户不少，但像父亲这样富在藏书、乐在读书的实在不多。

父亲的藏书我们可以自由翻看，他从不限制，书籍给我们的童年和青少年生活带来了巨大的快乐。但钟鸣鼎食、诗书传家的生活并没有使父亲满足，他想让更多的孩子，尤其是女孩子接触新思想，接受新生活，用知识和文化的力量，使她们摆脱旧的陈腐的道德观念的束缚，成为身心健康的对社会有用的人。父亲开始办了一个幼儿园，他的初衷是想完成一个幼儿园——小学——初中——高中——大学的系列规划，但因力所不及的种种原因，真正办成并坚持了十七年的只有乐益女中。为乐益，父亲倾注了全部的精力和财产。余心正先生在《启蒙先贤张冀牖》一文中曾经写道：

自古以来，教育成家，在质不在量，更不在规模之大小，学生程度之高低。张老先生仰慕“乐土吴中，开化早，文明隆”，辛亥革命后举家来苏，筑小小园林，从办幼儿园、小学开始，再办平林男中、乐益女中。接着两次办起高中部，皆因时局变迁，当局掣肘而匆匆下马。他原想学马相伯老人办一个“苏州复旦”的心愿，亦因世事茫茫，终成虚话。

……

然而，学校之尊严，维护不易。老先生捐出祖产巨资，让出宅园二十余亩，建校舍四十余间，应有的教学设备，无不具备。他有十个子女，如按三千大洋培养一个留学生计，有三万元亦能全部出国留学了，但他连这笔钱也省下来，用于学校。为的什么？为的坚决不拿别人一文钱，无论是当局的津贴、教会的赞助、好心人的募捐，一概谢绝；惟如此，方始做得我行我素，独立自主。可是，他又决非一钱如命，迥异于一般私立学校之以“创收”为目的，每年拨出十分之一的名额，招收免费生，以便贫家女儿入学。比例之高，江浙一带罕见。老先生对莘莘学子如此厚爱，对诸亲好友却悭吝异常，凡有告贷，均以“闭门羹”却之。

父亲对我们四个女孩子尤其钟爱，他为我们起的名字不沾俗艳的花草气：元和、允和、兆和、充和。后来有人在文章中说，张家女孩子的名字都带两条腿，暗寓长大以后都要离开家。我想，父亲从小给了我们最大限度的自由发展个性、爱好的机会，让我们受到了尽可能好的、全面的教育，一定是希望我们不同于那个时代一般的被禁锢在家里的女子，希望我们能迈开健康有力的双腿，走向社会。

父亲在家里从不摆架子耍威风，甚至对佣人也没有训斥过，只有一次门房杨三赌钱，父亲敲了他的“栗子”(用指头敲脑门儿)，因为父亲最最恨赌钱。我们四姊妹中，大姐元和文静端庄，是典型的大家闺秀；三妹兆和忠厚老实、聪明胆小，但有时也非常顽皮，因为是家里的第三个女孩子，没有人娇惯她，她也习惯了在做了错事后挨罚时老老实实的，不哭也不求饶，处罚决定都是母亲作出的，大多是罚坐板凳或关在房间里不让出来；四妹充和聪慧乖觉，规规矩矩，加上从小过继给了二祖母当孙女，很少和我们在一起，印象中她从不“惹事生非”。我是家里男女孩子加起来的头号顽皮大王，从小体弱多病，仗着父母的疼爱“无法无天”，有时还欺负好脾气的父亲。父亲年纪轻轻就有些秃顶，没有几根头发却很欢喜篦头，一有空就靠在沙发上说“小二毛，来篦头”。我站在沙发后面很不情愿地篦，篦着篦着他就睡着了。我拿梳子在他脑袋上边戳边说：“烦死了，烦死了，老要篦头。”他只好睁开眼睛躲着梳子，“哎，哎，哎，做什么，做什么戳我”。我顺势扔了梳子，父亲并不真生气，自己把头发理好找话逗我开心：“小二毛，正在看什么书?”

父亲在这种时候常给我讲故事，他讲的故事不但有趣味还有文采，让人一辈子也忘不了。比如近八十年前讲的一则成都诗婢家的小故事：那个注四书五经的郑玄（郑康成），家里尽为诗婢、书婢。有一天一个丫头跪在院中，另一丫头看见问："胡为乎泥中（为什么滚一身泥巴）?"跪着的丫头答道："薄言往愬（也曾向他去倾诉），逢彼之怒（他反而向我大发怒）。"家中丫环玩笑时皆用《诗经》中语，可见文采通过细微言行所倡导的家风是什么了。这样的小故事还有几则，我给孙女庆庆讲过，可惜这一代人都太忙，不一定记得住也不一定感兴趣。重孙小安迪五岁正是可以听这样的故事的年龄，可他在加拿大，不可能有人给他讲，每次回来的时间太短，玩还不够呢。

我是急性子，说话快，走路快，做什么事都快。我看书一目十行，父亲更快，一目十二行。我做过试验，和父亲同看书，我还有几行没看完他已经翻页了。父亲爱看书不但影响了我们，连家里的佣人、保姆做的时间长了都染上了书卷气。他们从识字开始，到看书甚至评论故事情节和书中人物。我还能记起他们常说的有《再生缘》和《天雨花》。

父亲从小喜爱昆曲，年轻时就对曲谱版本进行研究。我 11 岁左右，1921 年前，昆曲传习所尚未成立，爸爸就带我们到全浙会馆（苏州养由巷）看昆曲。全是曲友演戏。有教育局长潘震霄的戏，其他的戏全不记得了。我爸爸带去的曲谱好多好多，比我们的个子还高。他要我们看戏时对照看剧本。我们只顾看戏，怎么也对不上台词，看戏又看剧本我们认为是苦差事。父亲请了专门的老师在他的书房里教我们姐妹识谱拍曲，让我们看书看戏。我淘气得要命，只看戏不看书。大姐顶规矩，认认真真学，后来又参加曲社，拜名师，习身段，生旦两角都擅长，以至终身姻缘、爱好、事业都因昆曲而起。父亲的爱好多种多样，尤其对新出现的东西，从不放过。当时照相机是极新鲜的东西，我们家里有近二十台，小孩子可以随便玩，我们几姊妹都没有兴趣，五弟寰和喜欢摆弄，父亲和蔡元培先生的这张照片就是他照的。留声机家里有大大小小十几台，各种唱片不计其数，架子上放不下就放在地板上，有些受潮都翘起来了。百代公司出品的家庭小型电影放映机一问世，父亲就买了一台，这在当时是再“新潮”不过的事了。

我们在苏州的家里，爸爸和大大各有一间书房，中间隔着一个芭蕉院，有时可以看到他们隔窗说话，那永不落叶的芭蕉像一条绿色的绸带连着爸爸大大的心，书房平时没有人去，我曾偷偷钻到母亲的书房看过，记得最清楚的是母亲的书桌上有一个铜镇尺，上面刻着七个字“愿作鸳鸯不羡仙”，这一定是爸爸妈妈的共同心愿。

距父亲去世整整六十年了，父亲的言谈举止在我心里依然那么鲜明、亲切、温暖。

苏州拾梦记

柯　灵

已经将近两年了，我的心里埋着这题目，像泥土里埋着草根，时时茁长着钻出地面的欲望。

在芸芸众生之间，我们曾经有过无数聪明善良生物，年轻时心里孕育着一个美丽的梦境，驾了生命之舟，开始向波涛险恶，茫无涯岸的人海启碇，像童话里追逐仙岛的孩子，去寻求那俨若可即的心灵世界。结果却为冥冥中叫做“命运”的那种力量所播弄，在一些暗礁和激湍中间，跌跌撞撞地耗尽黄金色的年轮，到头是随风逐浪到处飘流，连方向也完全迷失——这样的事我们看见过许多，我这里想提起的只是一个女性的故事。而她，也就是我的衰老的母亲。

因为避难，这年老人离开我们两个秋天又两个冬天了。在那滨海一角的家乡，魔爪还没有能够延伸到的土地上，她寂寞地数着她逐渐在少了下去的日脚。只要一想着她，我清楚地看见了彷徨于那遭过火灾的，破楼上的孤独身影，而忧愁乃如匕首，向我作无情的脔割了。我没有方法去看她，睁着眼让可以给她一点温暖的机会逝去，仿佛在准备将来不可挽救的悔恨。

苦难的时代普遍地将不幸散给人们，母亲所得到的似乎是最厚实的一份。我记起来，她今年已经是七十三岁了；这一连串悠悠的岁月中，却有近五十年的生涯伴着绝望和哀痛。在地老天荒的世界里，维系着她一线生机的，除却与生俱来的生命的执着，是后来由大伯过继给她的一个孱弱多病的孩子——那就是我。正如传奇小说所写，她的运命悲惨得近乎离奇。二十几岁时，她作为年轻待嫁的姑娘，因为跟一个陌生男子的被动的婚约，从江南繁华城市，独自被送向风沙弥天的辽远的西北，把一生幸福交托给我的叔父。叔父原只是个穷酸书生，那时候在潼关幕府里做点什么事情，大约已经算是较为得意，所以遣人带着大把银子，远远地迎娶新妇去了；但一半原因却是为着他的重病，想接了新妇来给自己“冲喜”。当时据说就有许多人劝她剪断了这根不吉利的足上的赤绳，她不愿意，不幸的网也就这样由自己亲手结成。她赶到潼关，重病的新郎由人搀扶着跟她行了婚礼，不过一个多月，就把她孤单单地撇下在那极其寒冷的世界里了。我的冷峻的父亲要求她为死者守节，因为这样方不致因她灭损门第的光辉。那几千年来被认作女性的光荣的行为，也不许她有向命运反叛的勇气。——这到后来她所获得的是中华民国大总统题褒，一方叫做“玉洁冰清”的宝蓝飞金匾额，几年前却跟着我家的旧厅堂一起火化了。——就是这样，她依靠着大伯生活了许多年，也就在那些悲苦的日子里，我由她抚养着生长起来。

哦，我忘却提了，她的故乡就在那水软山温的苏州城里。

时光使红颜少女头白，母亲出嫁后却从此不再有机会踏上她出生的乡土。悠悠五十年，她在人海中浮荡。从陕西到四川，又到南国的广州。驴背的夕阳，渡头的晓月，雨雨风风都不打理这未亡人的哀乐。满清的覆亡使我的父亲丢了官，全家都回到浙东故乡，这以后二十年的暮景，她更从荣华的边缘跌入衰颓的困境。家里的人逐渐死去，流散了，却留着这受尽风浪的老人，再来经历冷暖人情，炎凉世味。四五年前的一把火，这才又把她烧到了上海。

上帝怜悯！越过千山万水的迷路的倦鸟如今无意中飞近了旧枝。她应当去重温一次故园风物！

可是一天的风云已经过去。她疲倦得连一片归帆也懒得挂起。“算了罢，家里人都完了。亲戚故旧也没有音讯了，满城陌生人，有什么意思！”她笑，那是饱孕了人生的辛酸，像蓦然梦醒，回想起梦中险巇似的，庆幸平安的苦笑。接着吐出个轻轻的叹息：“嗳，苏州城里我只惦记着一个人，那是我的小姊妹，苦苦劝我退婚的是她，（我当时怎么肯！）出嫁时送我上船，泪汪汪望着我的是她；听说而今还在呢。可不知道什么样儿了，有机会让我见她一面才好。”蹉跎间这愿望却也延宕了两个年份。

一直到前年，也就是战争爆发的那一年春天，我才陪着她完成了这伤感的旅行。

是阴天，到苏州车站时已经飘着沾衣欲湿的微雨。雇辆马车进城，得得的蹄声在石子路上散落。当车子驶过一条旅馆林立的街道，她看看夹道相迎的西式建筑，恰像是乡下孩子闯进了城市，满眼是迷离的好奇的光。我对着这地下的天堂祝告：苏州城！你五十年前出嫁的姑娘，今天第一次归宁了。那是你不幸的儿女，不！如今她是你有着冰雪似的坚贞的娇客，看着乡土的旧谊，人类的同情。你应当张开双臂，给她个含笑的欢迎！

但时间是冷酷的家伙，一经阔别便不再为谁留下旧时痕迹，每过一条街，我告诉母亲那街道的名字，每一次，她都禁不住惊讶得忽地失笑。“哎哟，怎么！这是什么街，不认得了，一点也不认得了！”

在观前街找个旅馆。刚歇下脚，心头的愿望浮起。燕子归来照例是寻觅旧巢，她一踏上这城市，急着要见的是那少年的旧侣。可是我们向哪儿去找呢？这栉比的住房，这稠密的人海，白茫茫无边无岸，知是在谁家哪巷？纵使几十年风霜没有损伤了当年的佳人，也早该白发萧萧，见了面也不再相认了。但我哪有理由跟勇气回她个不字？

母亲在娘家时开得有一家烛铺，后来转让的主人就是那闺友的父亲，想着这些年来世事的兴替，皇室的江山也还给了百姓，一家烛铺的光景大约未必便别来无恙。但母亲忽然飞来的聪明记起了它。向旅馆的茶房打听得苏州还有着这个店号，我就陪着她开始向大海捞针。

烛铺子毕竟比人经得起风霜，虽然陈旧，却还在闹喧喧的街头兀立。母亲勇敢而且高兴地迎上去，便向那店伙问讯：“对不起，从前这儿的店主人，姓金的，你知道他家小姐妹在哪一家，如今住在哪里?”

我站在一旁怀着凭吊古迹似的心情。这老人天真的问话却几乎使我失笑。那店伙年轻呢，看年纪不过二十开外，懂得的历史未必多，“小姐”这名词在他心里又岂不是一个娇媚的尤物?我只得替她补充：金小姐，那是几十年前的称呼了，如今模样大约像母亲似的老太太一位。听着我的解释，那店伙禁不住笑了。

可是，人生有时不缺乏意外的奇迹，这一问也居然问出了端倪。我们依着那烛铺的指示，又辗转访问了两处。薄暮时到了巷尾一家古旧的黑漆门前。

剥啄地叩了一阵，一位和祥的老太太把我们迎接了进去。可是她不认得这突兀的来客。

“找谁，你们是找房子的?”

“不，是找人，请问有一位金小姐可住在这里?”

主人呆了半天，仿佛没有听得清意思。“哎哟!”母亲这一声却忽然惊破了小院黄昏的静寂。她惊喜地一把拖住了主人。

“哦，你是金妹!”

“哦，你是……三姐!”

夜已经无声地落在庭院里了，还是霏霏的雨。从一对老年人莹然欲泪的眼睛里，我看出比海还深的人世的欢喜与辛酸，体味着不能用语言表达的奥妙的意思。我的心沉重得很，也轻松得很。我像在两小时里经历了一世纪。感谢上帝降福于我不幸的母亲!

把母亲安顿在她的旧侣的家里，我自己仍然在旅舍里住着。

春快要阑珊了! 天气正愁人，我在苏州城里连听了三天潺潺的春雨。冒着雨我爬过一次虎丘，到冷落的留园和狮子林徘徊了一阵。我爱这城市的苍茫景色，静的巷，河边的古树，冷街深闭的衰落的朱门。可是在这些雾似的情调里，有多少无辜的人们，在长久的岁月中度着悲剧生涯?

我的心情有些寥落。但我为母亲的奇遇高兴。五十年旧梦从头细数，说是愁苦也许是快乐。人类的聪明并不胜如春蚕，柔情的丝缕抽完了还愿意呕心泣血，一生的厄运积累得透气的空隙也没有，有时只要在一个——仅仅一个可以诉苦的人面前赢得一把眼泪，一声同情的感喟也可以把痛苦洗涤干净。我不能想象母亲的情怀，愿这次奇遇抖落她过去一切……

第四天晚上离开苏州时天却晴了。一钩新月挂在城头，天上鳞鳞的云片都镶着金色的边。——好会捉弄人的天！路畔一带婆娑的柳影显得幽深而且宁静，却有蹄声得得，穿过柳荫向那永远是行色倥偬的车站上响去。别了，古旧的我的母乡苏州！明儿我们看得见的，是天上那终古不变的旧时明月！

别离的哀伤又在刺着衰老的心了。可是从母亲的脸上，我看见了一片从来没有的光辉。

“嗳，总算看见她了！做梦也想不到。她约我秋天再来，到她家里多住一阵子。也好，大家都老了，多见一面是一面。”我知道，她在庆幸她还了多少年来的宿愿。

可是就在这一年的夏天，时代起了激变。

在上海暴风雨的前夜母亲回到了残破的家乡，一年半来她就像被扔在一边似的寂寞地活着。而她的早已无家的母乡，落入魔掌也一年多了。在这风雪的冬天，破楼上摇曳着的煤油灯下，不会埋怨人生的过于冷酷吗？战士的心里也许只有搏斗．我却时时想起我的不幸的母亲，和这战争中一切母亲的悲运。

可是母亲却惦记着苏州，惦记着苏州的旧侣，絮絮的从信里打听消息。可怜的母亲，我可以告诉您吗？您的母乡正遭着空前的劫。您的唯一的旧侣，我不敢想象她家里的光景。有一时我常常把一件事情引为自慰，那就是那一次苏州的旅行，因为我想如果把那机会放走了怕也要永远无法挽回。但我如今倒有些失悔了，没有那一次坠梦的重拾，也许这不幸的消息给她的分量还要轻些？我又怀着一种隐忧：“树高千丈，落叶归根。”母亲说过她愿意长眠在祖茔所在的乡土，她不会再在晚年沦入奴隶的厄运，像她的旧侣一样，风前的残烛再使她作异乡的飘泊？

旧　宅

穆时英

谕南儿知悉：我家旧宅已为俞老伯购入，本星期六为其进屋吉期，届时可请假返家，同往祝贺。切切。

父字十六日

读完了信，又想起了我家的旧宅，便默默地抽一支淡味的烟，在一种轻淡的愁思里边，把那些褪了色的记忆的碎片，一片片地捡了起来。

旧宅是一座轩朗的屋子，我知道这里边有多少房间，每间房间有多少门，多少灯，我知道每间房间墙壁上油漆的颜色，窗纱的颜色，我知道每间房间里有多少钉——父亲房间里有五枚，我的房间有三枚。本来我的房间里是一枚也没有的，那天在父亲房间里一数有五枚钉，心里气不过，拿了钉去敲在床前地板上，刚敲到第四枚，给父亲听见了，跑上来打了我十下手心，吩咐下次不准，就是那么琐碎的细事也还记得很清楚。

还记得园子里有八棵玫瑰树，两棵菩提树，还记得卧室窗前有一条电线，每天早上醒来，电线上总站满了麻雀，冲着太阳歌颂着新的日子，还记得每天黄昏时，那叫做根才的老园丁总坐在他的小房子里吹笛子，他是永远戴着顶帽结子往下陷着点儿的，肮脏的瓜皮帽的。还记得暮春的下午，时常坐在窗前，瞧屋子外面那条僻静的路上，听屋旁的田野里杜鹃的双重的啼声。

那时候我有一颗清静的心，一间清净的，奶黄色的小房间。我的小房间在三楼，窗纱上永远有着电线的影子。白鸽的影子，推开窗来，就可以看到青天里一点点的，可爱的白斑痕，便悄悄地在白鸽的铃声里怀念着人鱼公主的寂寞，小铅兵的命运。

每天早上一早就醒来了，屋子里静悄悄的没一点人声，只有风轻轻地在窗外吹着，像吹上每一片树叶似的。躺在床上，把枕头底下的《共和国民教科书》第五册掏出来，低低地读十遍，背两遍，才爬下床来，赤脚穿了鞋子走到楼下，把老妈子拉起来叫给穿衣服，洗脸。有时候，走到二层楼，恰巧父亲们打了一晚上牌，还没睡，正在那儿吃点心，便给妈赶回来，叫闭着眼睡在床上，说孩子们不准那么早起来。睡着睡着，捱了半天，实在捱不下去了，再爬起来，偷偷的掩下去，到二层楼一拐弯，就放大了胆达达的跑下去：

“喝，小坏蛋，又逃下来了！”妈赶出来，一把抓回去，打了几下手心才给穿衣服。

跟着妈走到下面，父亲就抓住了给洗脸，闹得一鼻子一耳朵的胰子沫，也不给擦干净。拿手指挖着鼻子孔，望着父亲不敢说话。大家全望着笑。心里气，又不敢怎么着，把胰子沫全抹在妈身上，妈笑着骂，重新给洗脸，叫吃牛奶。吃了牛奶，抹抹嘴，马上就背了书包上学校；妈总说：

“傻子，又那么早上学校去了，还只七点半呢。”

晚上放学回去，总是一屋子的客人，烟酒，和谈笑。父亲总叼着雪茄坐在那儿听话匣子里的“洋人大笑”，听到末了，把雪茄也听掉了，腰也笑弯了，一屋子的客人便也跟着笑弯了腰。父亲爱喝白兰地，上我家来的客人也全爱喝白兰地；父亲爱上电影院，上我家来的客也全爱上电影院；父亲信八字，大家就全会看八字。他们会从我的八字里边看出总统命来。

“世兄将来真是了不得的人物！我八字看多了，就没看见过那么大红大紫的好八字。”

父亲笑着摸我的脑袋，不说话；他是在我身上做着黄金色的梦呢。每天晚上，家里要是没有客人，他就叫我坐在他旁边读书，他闭着眼，抽着烟，听着我。他脸上得意的笑劲儿叫我高兴得一遍读得比一遍响。读了四五遍，妈就赶着叫我回去睡觉。她是把我的健康看得比总统命还要重些的。妈喜欢打牌，不十分管我，要父亲也别太管紧了我，老跟父亲那么说：

“小孩子别太管严了，身体要紧，读书的日子多着呢！”

父亲总笑着说：“管孩子是做父亲的事情，打牌才是你的本分。”

真的，妈的手指是为了骨牌生的，这么一来，父亲的客人就全有了爱打牌的太太。我上学校去的时候，她们还在桌子上做中发白的三元梦；放学回来，又瞧见她们精神抖擞地在那儿和双翻了。走到妈的房间里边，赶着梳了辫子的叫声姑姑，见梳了头的叫声丈母；那时候差不多每一个女客人都是我的丈母，这个丈母搂着我心肝，乖孩子的喊一阵子，那个丈母跟我亲亲热热的说一回话，好容易才挣了出来，到祖母房间里去吃莲心粥。是冬天，祖母便端了张小椅子放在壁炉前面，叫我坐着烤火，慢慢儿地吃莲心粥。天慢慢儿地暗下来，炉子里的火越来越红了，我有了一张红脸，祖母也有了一张红脸，坐在黑儿里这喃喃地念佛，也不上灯。看看地上的大黑影子，再看看炉子里烘烘地烧着的红火，在心里边商量着还是如来佛大，还是玉皇大帝大；就问祖母：

“奶奶，如来佛跟玉皇大帝谁的法力大?”

祖母笑说：“傻子，罪过。”

便不再作声，把地上躺着的白猫抱上，叫睡在膝盖儿上不准动，猫肚子里打着咕噜，那只大钟在后边儿嗒嗒地走，我静静儿的坐着，和一颗平静空寂的心脏一同地。

是夏天，祖母便捉住我洗了个澡，扑得我一脸一脖子的爽身粉，拿着莲心粥坐到园子里的菩提树下，缓缓地挥着扇子。躺在藤椅上，抬起脑袋来瞧乌鸦成堆的打紫霞府下飞过去。那么寂静的夏天的黄昏，藤椅的清凉味，老园丁的幽远的笛声，是怎么也不会忘了的。

一颗颗的星星，夜空的眼珠子似的睁了满天都是，祖母便教我数星：

“牛郎星，织女星，天上有七十六颗扫帚星，八十八颗救命星，九十九颗白虎星，……”

数着数着便睡熟在藤椅里了，醒来时却睡在祖母床上，祖母坐在旁边，拿扇子给我赶蚊子，手里拿着串佛珠，打翻了一碗豆似的，悉悉地念着心经。我一动，她就接着我叫慢着起来说：

“刚醒来，魂灵还没进窍呢。”

便静静地躺在床上。

那只大灯拉得低低的压在桌子上面，灯罩那儿还扎了条大手帕，不让光照到我脸上。桌子上面放了一脸盆水。数不清的青色的小虫绕着电灯飞，飞着飞着就掉到水里边。那些青色的小虫都是我的老朋友，我天天瞧它们绕着灯尽飞，瞧它们糊糊涂涂地掉到水里边。祖母房间里的东西全是我的老朋友，到现在我还记得它们的脸，它们的姿态的：床上的那只铜脚炉生了一脸的大麻子，做人顶诚恳，跟你讲话就像要把心掏出来你看似的；挂在窗前的那柄纱团扇有着轻桃的身子；那些红木的大椅子，大桌子，大箱大柜全生得方头大耳，挺福相的。

躺到七点钟模样，才爬起来，到楼上和妈一同吃饭，每天晚餐里总有火腿汤的。因为我顶爱喝火腿汤，吃了饭，就独自个儿躲在房间里，关上了房门，爬在桌子底下，把一些家私掏出来玩着。我有一只小铁箱，里边放了一颗水晶弹子，一张画片，一只很小的金元宝，一块金锁片，一只水钻的铜戒指，一把小手枪，一枚针——那枚针是我的奶妈的，她死的时候，我便把她扎鞋帮的针偷了来，桌子底下的墙上有一个洞，我的小铁箱就藏在这里边，外面还巧妙地按了层硬纸，不让人家瞧见里边的东西。

抓抓这个，拿拿那个，过了一回，玩倦了，就坐在桌子底下喊老妈子。老妈子走了进来，一面咕噜着：

“这么大的孩子，还要人家给脱衣服。”一面把我按在床上，狠狠的给脱了袜子，鞋子，放下了帐子，把床前的绿纱灯开了，就走了。

躺着瞧那绿纱里的一朵安静的幽光，朦胧地想着些夏夜的花园，笛声，流水，月亮，青色的小虫，又朦胧地做起梦来。

礼拜六，礼拜天，和一些放假的日子也待在家里，那些悠长的，安逸的下午，我总坐在园子里，和老园丁，和祖母一同地；听他们讲一些发了霉的故事，笑话，除了上学校，新年里上亲戚家里拜年，是不准走到这屋子外面去的。我的宇宙就是这座屋子，这座屋子就是我的宇宙，就为了父亲在我身上做着黄金色的梦：

“这孩子，我就是穷到没饭吃，也得饿着肚子让他读书的。”那么地说着，把我当了光宗耀祖的千里驹，一面在嘴犄角儿那儿浮上了得意的笑。父亲是永远笑着的，可是在他的笑脸上有着一对沉思的眼珠子。他是个刚愎，精明，会用心计，又有自信力的人。那么强的自信力！他所说的话从没一句错的，他做的事从没一件错的。时常做着些优美的梦，可是从不相信他的梦只是梦；在他前半世，他没受过挫折，永远生存在泰然的心境里，他是愉快的。

母亲是带着很浓厚的浪漫谛克的气分的，还有些神经质。她有着微妙敏锐的感觉，会听到人家听不到的声音，看到人家看不到的形影。她有着她自己的世界，没有第二个人能跑进去的世界，可是她的世界是由舒适的物质环境来维持着的，她也是个愉快的人。

祖母也是个愉快的人，我就在那些愉快的人，愉快的笑声里边长大起来。在十六岁以前，我从不知道人生的苦味。

就在十六岁那一年，有一天，父亲一晚上没回来。第二天，放学回去，屋子里静悄悄的没一点牌声，谈笑声，没一个客人，下人们全有着张发愁的脸。父亲独自个儿坐在客厅里边，狠狠地抽着烟，脸上的笑劲儿也没了，两圈黑眼皮，眼珠子深深地陷在眼眶里边。只一晚上，他就老了十年，瘦了一半。他不像是我的父亲；父亲是有着愉快的笑脸，沉思的眼珠子，蕴藏着刚毅坚强的自信力的嘴的。他只是一个颓丧，失望的陌生人。他的眼珠子里边没有光，没有愉快，没有忧虑，什么都没有，只有着白茫茫的空虚。走到祖母房里，祖母正闭着眼在那儿念经，瞧我进去，便拉着我的手，道：

“菩萨保佑我们吧！我们家三代以来没做过坏事呀！”

到母亲那儿去，母亲却躺在床上哭。叫我坐在她旁边，唠唠叨叨地，跟我诉说着：

“我们家毁了！完了，什么都完了！以后也没钱给你念书了！全怪你爹做人太好，太相信人家，现在可给人家卖了！”

我却什么也不愁，只愁以后不能读书；眼前只是漆黑的一片，也想不起以后的日子是什么颜色。

接着两晚上，父亲坐在客厅里，不睡觉也不吃饭，也不说话，尽抽烟，谁也不敢去跟他说一声话；妈躺在床上，肿着眼皮病倒了。一屋子的人全悄悄的不敢咳嗽，踮着脚走路，凑到人家耳朵旁边低声地说着话。第三天晚上，祖母哆嗦着两条细腿，叫我扶着摸到客厅里，喊着父亲的名字说：

“钱去了还会回来的，别把身体糟坏了。再说，英儿今年也十六岁了，就是倒了霉，再过几年，小的也出世了，我们家总不愁饿死。我们家三代没做过坏事啊！”

父亲叹了口气，两滴眼泪，蜗牛似的，缓慢地，沉重地从他眼珠子里挂下来，流过腮帮儿，笃笃地掉到地毡上面。我可以听到它的声音，两块千斤石跌在地上似的，整个屋子，我的整个的灵魂全振动了。过了一回，他才开口道：

“想不到的！我生平没伤过阴，我也做过许多慈善事业，老天对我为什么那么残酷呢！早几天，还是一屋子的客人，一倒霉，就一个也不来了。就是来慰问慰问我，也不会沾了晦气去的。”

又深深地叹息了一下。

“世界本来是那么的。色即是空，空即是色——菩萨保佑我们吧！”

“真的有菩萨吗？嘻！”冷笑了一下。

“胡说！孩子不懂事。”祖母念了声佛，接下去道：“还是去躺一回吧。”

八十多岁的老母亲把五十多岁的儿子拉着去睡在床上，不准起来，就像母亲把我按在床上，叫闭着眼睡似的。

上了几天，我们搬家了。搬家的前一天晚上，我把桌子底下的那只小铁箱拿了出来，放了一张纸头在里边，上面写着：

“应少南之卧室，民国十六年五月八日”，去藏在我的秘密的墙洞里，找了块木片把洞口封住了；那时原怀了将来赚了钱把屋子买回来的心思的。

搬了家，爱喝白兰地的客人也不见了，爱上电影院的客人也不见了，跟着父亲笑弯了腰的客人也不见了，母亲没有了爱打牌的太太们，我没有了总统命，没有了丈母，没有奶黄色的小房间。

每天吃了晚饭，屋子里没有打牌的客人，没有谈笑的客人，一家人便默默地怀念着那座旧宅，因为这里边埋葬了我的童年的愉快，母亲的大三元，祖母的香堂，和父亲的笑脸。只有一件东西父亲没忘了从旧宅里搬出来，那便是他在我身上的金黄色的梦。抽了饭后的一支烟，便坐着细细地看我的文卷，教我学珠算，替我看临的黄庭经。时常说："书算是不能少的装饰品，年纪轻的时候，非把这两件东西弄好不可的。"就是在书算上面，我使他失望了。临了一年多黄庭经，写的字还像爬在纸上的蚯蚓，珠算是稍为复杂一点的数目便会把个十百的位置弄错了的。因为我的书算能力的低劣，对我的总统命也怀疑起来。每一次看了我的七歪八倒的字和莫名其妙的得数，一层铅似的忧郁就浮到他脸上。望着我，尽望着我；望了半天，便叹了口气，倒在沙发里边，揪着头发：

"好日子恐怕不会再回来了！"

我不敢看他的眼珠子，我知道他的眼珠子里边是一片空白，叫我难受得发抖的空白。

那年冬天，祖母到了她老死的年龄，在一个清寒的十一月的深夜，她闭上了眼睑。她死得很安静，没喘气，也没捏拗，一个睡熟了的老年人似的。她最后的一句话是对父亲说的：

“耐着心等吧，什么都是命，老天会保佑我们的。”

父亲没说话，也没淌眼泪，只默默地瞧着她。

第二年春天，父亲眼珠子里的忧郁淡下去了，暖暖的春意好像把他的自信力又带了回来，脸上又有了愉快的笑劲儿。那时候我已经住在学校里，每星期六回来总可以看到一些温和的脸，吃一顿快乐的晚饭，虽说没有客人，没有骨牌，没有白兰地，我们也是一样的装满了一屋子笑声。因为父亲正在拉股子，预备组织一个公司。他不在家的时候，母亲总和我对坐着，一对天真的孩子似他说着发财以后的后：

“发了财，我们先得把旧宅赎回来。”

“我不愿意再住那间奶黄色的小房间了，我要住大一点的。我已经是一个大人咧。”

“快去骗个老婆回来！娶了妻子才让你换间大屋子。”

“这辈子不娶妻子了。”

“胡说，不娶妻子，生了你干吗？本来是要你传宗接代的。”

“可是我的丈母现在全没了。”

“我们发了财，她们又会来的。”

“就是娶妻，我也不愿意请从前上我们家来的客人。”

“那些势利的混蛋，你瞧，他们一个也不来了。”

“我们住在旧宅里的时候，不是天天来的吗？”

“我们住在旧宅里的时候，天天有客人来打牌的。”

“旧宅啊！”

“旧宅啊！”

母亲便睁着幻想的眼珠子望着前面，望着我望不到的东西，望着辽远的旧宅。

“总有一天会把旧宅赎回来的。”

在空旷的憧憬里边，我们过了半个月活泼快乐的日子；我们扔了丑恶的现实，凝视着建筑在白日梦里的好日子。可是，有一天，就像我十六岁时那一天似的，八点钟模样，父亲回来了，和一双白茫茫的眼珠子一同地。没说话，怔着坐了一会儿，便去睡在床上。半晚上，我听到他女人似的哭起来。第二天，就病倒了。那年的暑假，我便在父亲的病榻旁度了过去。

“人真是卑鄙的动物啊！我们还住在旧宅里边时，每天总有两桌人吃饭，现在可有一个鬼来瞧瞧我们没有？我病到这步田地，他们何尝不知道！许多都是十多年的老朋友了，许多还是我一手提拔出来的，就是来瞧瞧我的病也不会损了他们什么的。人真是卑鄙的动物啊！我们还住在旧宅里边时，害了一点伤风咳嗽就这个给请大夫，那个给买药，忙得屁滚尿流——对待自己的父亲也不会那么孝顺的，我不过穷了一点，不能再天天请他们喝白兰地，看电影，坐汽车，借他们钱用罢咧，已经看见我的影子都怕了。要是想向他们借钱，真不知道要摆下怎样难看的脸子！往后的日子长着呢！……”喃喃地诉说着，末了便抽抽咽咽地哭了起来。

这不是病，这是一种抑郁；在一些抑郁的眼泪里边，父亲一天天地憔悴了。

在床上躺了半年，病才慢慢儿的好起来，害了病以后的父亲有了颓唐的眼珠子，蹒跚的姿态，每天总是沉思地坐在沙发里咳嗽着，看着新闻报本埠附刊，静静地听年华的跫音枯叶似的飘过去。他是在等着我，等我把那座旧宅买回来。是的，他是在耐着心等，等那悠长的四个大学里的学年。可是，在这么个连做走狗的机会都不容易抢到的社会里边，有什么法子能安慰父亲颓唐的暮年呢？

我的骨骼一年年地坚实起来，父亲的骨骼一年年地脆弱下去。到了我每天非刮胡髭不可的今年，每天早上拿到剃刀，想起连刮胡髭的兴致和腕力都没有了的父亲，我是觉得每一根胡髭全是生硬地从自己的心脏上面刮下来的。时常好几个礼拜不回去；我怕，我怕他的眼光。他的眼光在——

“喝吧，吃吧，我的血，我的肉啊！”那么地说着。

我是在喝着他的血，吃着他的肉；在他的血肉里边，我加速度地长大起来，他加速度地老了。他的衰颓的咳嗽声老在我耳朵旁边响着，每一口痰都吐在我心脏上面。逃也逃不掉的，随便跑到哪儿，他总在我耳朵旁边咳嗽着，他的抑郁的眼珠子总望着我。

到了星期六，同学们高高兴兴地回家去，我总孤独地待在学校里。下午，便独自个儿坐在窗前，望着寂寞的校园，痞痞地：

“要是在旧宅里的时候，每星期回去可以找到一个愉快的父亲的。”怀念着失去了的旧宅里的童年。“父亲也在怀念着吧？怀念一个旧日的恋人似的怀念着吧！”

六年不见了的旧宅也该比从前苍老得多了，真想再到这屋子里边去看一次，瞧瞧我的老友们，那间奶黄色的小房间，床根那儿的三枚钉，桌子底下墙洞里的小铁箱。接到父亲的信的那星期六下午——是一个晴朗的五月的下午，淡黄的太阳光照得人满心欢喜，父亲的脸色也明朗得多——和父亲一同地去看我们的旧宅，去祝贺俞老伯的进屋吉期。

那条街比从前热闹得多了，我们的屋子的四面也有了许多法国风的建筑物，街旁也有了几家铺子，只是我们的屋子的右边，还是一大片田野，中间那座倾斜的平房还站在那儿，就在腰上多加了一条撑木，粉墙更黝黑了一点。旧宅也苍老了许多，爬在墙上的紫藤已经有了昏花的眼光，那间奶黄的小房间的窗关着，太阳光照在上面，看不出里边窗纱的颜色，外面的百叶窗长了一脸皱纹，伸到围墙外面来的菩提树有了婆娑的姿态。

我们到得很早，客厅里只三个客人，客厅里的陈设和从前差不多，就多了只十二灯的落地无线电收音机。俞老伯不认识我了，从前他是时常到我家来的，搬了家以后，只每年新年里边来一次，今年却连拜年也没来。他见了我，向父亲说：

“就是少南吗？这么大了！”

“日子真容易过，在这儿爬着学走路还像是昨天的事，一转眼已经二十多年了。”

“可不是吗，那时候我们年纪轻，差不多天天在这屋子里打牌打一通夜，现在兴致也没了，精力也没了。”

“搬出了这屋子以后的六年，我真老得厉害啊！”父亲叹息了一下，望着窗外的园子不再做声。

俞老伯便回过身来问我在哪儿念书，念的什么科，多咱能毕业，听我说念的文科，他就劝我改理科，说了一大篇中国缺少科学人才的话。

坐了一回，客人越来越多了，他们谈着笑着。俞老伯说过几天公债一定还要跌，他们也说公债还要跌；俞老伯说东，他们连忙说东，说西，也连忙说西。父亲只默默地坐着，他在想六年前的“洋人大笑”；想那些跟着他爱喝白兰地的客人，跟着他爱上电影院的客人；想他的雪茄；想他的沙发。

“去瞧瞧你的屋子。”父亲站了起来，又对我说：“跟我去瞧瞧吧，六年没来了。”

“你们爷儿俩自己去吧，我也不奉陪了，反正你们是熟路。”俞老伯说。

“对了，我们是熟路。”一层青色的忧郁从父亲的明朗的脸色上面掠了过去。

我跟在他后面，走到客厅后边楼梯那儿。在楼梯拐弯那儿，父亲忽然回过身子来：

“你知道这楼梯一共有几级?”

“五十二级。”

“你倒还记得，这楼梯得拐三个弯，每一个拐弯有十四级。造这屋子是我自己打的图样，所以别的事情不大记得清楚，这屋子里有几粒灰尘我也记得起来的。每一级有两英尺阔，十英寸高，八英尺长，你量一下，一分不会错的。”

说着说着到了楼上，父亲本能地往他房里走去。墙上本来是漆的淡绿色的漆，现在改漆了浅灰的。瞎子似的，他把手摸索着墙壁，艰苦地，一步步的捱进去。他的手哆嗦着，嘴也哆嗦着，低得听不见的话从他的牙齿里边漏出来：

“我们的床是放在那边窗前的，床旁边有一只小机，机上放着只烟灰盘，每晚上总躺在床上抽支烟的。机上还有盏绿纱罩着的灯——还在啊，可是换了红纱罩了。”

走到灯那儿，转轻地摸着那盏灯，像摸一个儿子的脑袋似的。

“他们为什么不把床放在这儿呢？”看看天花板，又仔细地看每一块地板：“现在全装了暗线了，地板倒还没有坏，这是抽木镶的，不会坏的，我知道，我知道得很清楚，因为这屋子是我造的，这房间里我睡过十八年，是的，我睡过十八年，十八年，十八年……”

隔壁房间里正在打牌，那间房子本来是母亲的客厅和牌室，大概现在也就是俞太太的客厅和牌室了吧，一些女人的笑声和孩子们的声音很清晰地传到这边来，就像六年前似的。

“再到别的房间去瞧瞧吧。”父亲像稍为平静了些，只是嘴唇还哆嗦着。

走过俞太太的客厅的时候，只见挤满了一屋子的，年轻的，年老的太太们。

“六年前，这些人全是我的丈母呢！”那么地想着。

父亲和俞太太招呼了一下：“来瞧瞧你们的新房子。”也不跑进去，直往顶东面从前祖母的房间里走去。像是他们的小姐的闺房，或者他们的少爷的新房，一房间的立体儿的衣橱，椅子，梳妆台，那四只流线式的小沙发瞧过去，视线会从那些飘荡的线条和平面上面滑过去似的。又矮又阔的床前放了双银绸的高跟儿拖鞋，再没有大麻子的铜脚炉了。祖母的红木的大箱大橱全没了！挂观音大士像的地方儿挂一张琼克劳福的十寸签名照片，放香炉的地方放着瓶玫瑰——再没有恬静的素香的烟盘绕着这古旧的房间！我想着祖母的念佛珠，没有门牙的嘴，莲心粥，清净空寂的黄昏。

“奶奶是死在这间屋子里的。”

“奶奶死了也快六年了！”

“上三层楼去瞧瞧吧？”

“去瞧瞧你的房间也好。”

我的房间一点没改动，墙上还是奶黄色的油漆，放一只小床，一辆小汽车，只是没挂窗纱，就和十年前躺在床上背《共和国民教科书》第五册时那么的。推开窗来，窗外的园子里那些小树全长大了，还是八棵玫瑰树，正开了一树的花，窗前那条电线上面，站满了麻雀，吱吱喳喳的闹。十年前的清净的心，清净的小房间啊！我跑到桌子底下想找那只小铁箱，可是那墙洞已经给砌没了。床根那儿的三枚钉却还在那儿，已经秃了脑袋，发着钝光。

“那三枚钉倒还在这儿!”看见六年不见的老友，高兴了起来。

父亲忽然急急地走了出去：“我们去吧。”头也不回地直走到下面，也没再走到客厅里去告辞，就跑了出去。到了外面，他的步伐又慢了起来，低着脑袋，失了知觉地走着。

已经是黄昏时候，人的轮廓有点模糊，我跟在父亲后边，也不敢问他可要雇车，正在为难，瞧见他往前一冲，要摔下去的模样，连忙抢上去扶住了他的胳膊。他站住了靠在我身上咳嗽起来，太阳穴那儿渗出来几滴冷汗。咳了好一会才停住了，闭上了眼珠子微微地喘着气，鼻子孔里慢慢儿的挂下一条鼻涎子来。

“爹爹，我们叫辆汽车吧?”我凑到他耳朵旁边低声地说——天哪，我第一次瞧见他的鬓发真的已经斑白了。

他不说话，鼻涎子尽挂下来，挂到嘴唇上面也没觉得。

我掏出手帕来，替他抹掉了鼻涎，扶着他慢慢儿的走去。

父　亲

穆时英

黯淡的太阳光斜铺到斑驳的旧木栅门上面，在门前我站住了，扔了手里的烟蒂儿，去按那古铜色的，冷落的门铃。门铃上面有一道灰色的蛛网，正在想拿什么东西去撩了它的时候，我家的老仆人已经开了那扇木栅门，摆着发霉的脸色，等我进去。

院子里那间多年没放车子的车间陈旧得快倾圮下来的样子，车间门上也罩满了灰尘。

屋子里静悄悄的，只听得屋后那条长胡同里有人在喊卖晒衣竹，那嘹亮凄清的声音懒懒地爬过我家的屋脊，在院子里那些青苔上面，在驳落的粉墙上面尽荡漾着，忧郁地。

一个细小的，古旧的声音在我耳朵旁边说：

“家啊！”

“家啊！”

连自己也听不到似的在喉咙里边说着，想起了我家年来冷落的门庭，心里边不由也罩满了灰尘似的茫然起来。

走到楼上，妈愁苦着脸，瞧了我一眼，也没说什么话，三弟扑到桌子上面看报纸，妹子坐在那儿织绒线，脸色就像这屋子里的光线那么阴沉得厉害。

到自己房里放下了带回来的零碎衣服，再出来喝茶时，妈才说：

“你爸病着，进去跟他谈谈吧。”

父亲房里比外面还幽暗，窗口那儿挂着的丝绒窗帏，下半截有些地方儿已经蛀蚀得剩了些毛织品的经纬线。滤过了那窗帏，惨淡的，青灰色的光线照进来，照到光滑的桌面上，整洁的地上，而在一些黑暗的角隅里消逝了它愁闷的姿态。屋子里静谧得像冬天早上六点钟天还没亮透的时候似的。窗口那儿点了枝安息香，灰色的烟百无聊赖地缠绕着，氤氲着一阵古雅的，可是过时了的香味。有着朴实的颜色的红木方桌默默地站在那儿，太师椅默默地站在那儿，镶嵌着云石的烟榻默默地站在那儿，就在那烟榻上面，安息香那么静谧地，默默地躺着消瘦的父亲，嘴唇上的胡髭比上星期又斑白了些，望着烟灯里那朵豆似的火焰，眼珠子里边是颓唐的，暮年的寂寞味。见我进去，缓缓地：

“朝宗没回来?”那么问了一句儿。

“这礼拜怕不会来吧。”

我在他对面坐下了，随便拿着张报看。

“后天有没有例假?”

“也许有吧。”

话到这儿断了。父亲是个沉默的，轻易不大肯说话的人，我又是在趣味上，思想上和他有着敌意的人，就是想跟他谈谈也不容易找到适宜的话题，便那么地静了下来。

我坐在那儿，一面随便地看着报，一面偷偷地从报纸的边上去看父亲的手，那是一只在中年时曾经握过几百万经济权的手，而现在是一只干枯的，皱缩的，时常微微颤抖着的手。便——

“为什么人全得有一个暮年呢？而且父亲的还是多么颓唐的暮年啊！”那么地思索着。

忽然，一个肺病患者的声音似的，在楼下，那门铃嗡地响了起来。

父亲像兴奋了一点似的，翻了个身道：

“瞧瞧是谁。”

我明白他这句话的意思就是“瞧瞧是谁来看我。”他是那么地希望着有人来看他的病啊！就拉开了窗帏，伏在窗口瞧，却见进来的是手里拿着封电灯公司的通知信的我家的老仆人。

“是谁?”父亲又问了一句。

只得坐了下来道：“电灯公司的通知信。”

父亲的嘴唇动了几动，喝了口茶，没作声，躺在那儿像在想着什么似的。他有一大串的话想说出来的时候就是那么的，先自已想一下。父亲是一个十足的理智的人；他从不让他的情感显露到脸上来，或是到言语里边来，他从不冲动地做一件事，就是喝一杯茶也先考虑一下似的。我便看着他，等他说话。

过了一回儿，他咳嗽了一声儿——

“人情真的比纸还薄啊!”那么地开了头；每一个字，每一个句子全是那么沉重地，迟缓地，从他的嘴唇里边蜗牛似的爬了出来：“从前我只受了些小风寒，张三请中医，李四请西医，这个给煎药，那个给装烟，成天你来我去的忙得什么似的。现在我病也病了半年了，只有你妈闲下来给我装筒烟，敬芳师父，我总算没荐错了这个人，店里没事，还跑来给我请下安，煎帖药。此外还有哪个上过我家的门？连我一手提拔起来的那些人也没一个来过啊！他们不是不知道。”父亲的话越来越沉重，越来越迟缓，却是越来越响亮，像是他的灵魂在喊叫着似的。“在我家门口走过的时候总有的，顺便拐进来，瞧瞧我的病，又不费力气，又不费钱财。外面人别说，单瞧我家的亲戚本家吧，嫡亲的堂兄弟，志清——”忽然咽住了话，喝了口茶，才望着天花板：“我还是我，人还是那么个人，只是现在倒霉了，是个过时人罢咧！真是人情比纸薄啊!”便闭上了眼珠子，嘴唇颤抖着不再说话。

默默地我想着做银行行长时的，年轻的父亲，做钱庄经理时的，精明的父亲，做信托公司总理时的，有着愉快的笑容的父亲，做金业交易所经纪人时的，豪爽的父亲，默默地想着每天有两桌客人的好日子，打牌抽头抽到三百多元钱的好日子，每天有人来替我做媒的好日子，仆人卧室里挤满了车夫的好日子；默默地我又想着门铃那儿的蛛网，陈旧得快要倾圮下来的车间，父亲的迟缓的，沉重的感慨，他的干枯的，皱缩的手。

父亲喉咙那儿咽的响了一声儿，刚想抬起脑袋来，却见他的颤抖着的手在床沿那儿摸索那块手帕，便又低下脑袋去。

我不敢再抬起脑袋来，因为我不知道他咽下去的是茶，是黏涎子，是痰，还是泪水；我不敢抬起脑袋来，因为知道闭着眼躺在烟榻上的是一个消沉的，斑白了头发的，病着的老父。

“暮年的寂寞啊!”

坐在那儿，静静地听着父亲的年华，和他的八角金表一同地，扶着手杖，拖着艰难的步趾嗒嗒地走了过去，感情却铅似的沉重起来，灰黯起来。

差不多每个星期尾全是在父亲的病榻旁边消磨了的。

看着牢骚的老父病得连愤慨的力气也没有，而自己又没一点方法可以安慰他，真是件痛苦的事。后来，便时常接连着几个礼拜不回去，情愿独自个儿留在宿舍里边。人到底不是怎么勇敢的动物啊！可是一想起寂寞的，父亲的暮年，和秋天的黄昏那么地寥落的我家，总暗暗地在心里流过一丝无可奈何的怅惘。

“父亲啊！”

“家啊！”

低低地叹息着。

有时便牺牲了一些绮丽的下午，孩子气的游伴，去痛苦地坐到父亲的病榻边，一同尝受着那寂寞味，因为究竟我也是个寂寞的人，而且父亲是在悠远的人生的路上走了五十八年，全身都饱和了寂寞与人生苦的。

每隔一礼拜，或是两礼拜回到家里，进门时总那么地想着：“又是两礼拜了，父亲的病该好了些吧？”

可是看到了父亲，心里又黯淡起来，有的时候觉得父亲的脸色像红润了些，有的时候却又觉得他像又消瘦了些，只是精神却一次比一次颓唐，来探望他的亲戚也一次比一次多了。父亲却因为陪他谈话的人多，也像忘了他的感慨似的，一次比一次高兴。

每次我回来，妈总恳求似的问我：

“你瞧爸的脸色比前一次可好看些吗?”

“我瞧是比前次好些了。”

“你爸这病许多人全说讨厌，你瞧怎么才好呢!”

妈的眼皮慢慢儿红起来：

“你瞧，怎么好呢?”

低低抽咽着，不敢让父亲听到。

虽然我的心是那么地痛楚着，可是总觉得妈是多虑。那时我是坚决地相信父亲的病会好起来的。

“老年人精力不足，害些小病总有的吧。”那么安慰着妈，妈却依旧费力地啜泣着，爸在里边喊了她一声，才连忙擦干了眼泪，跑了进去。

“妈真是神经过敏!”我只那么地想着。

那时我真的不十分担忧，我从来不觉得父亲已经是五十八岁的老年人，在我记忆上的父亲老是脸色很红润，一脑袋的黑头发，胡髭刮得很干净的，病着的父亲的衰老的姿态在我印象里没多坚固的根据，因为父亲从来没有老年人昏庸的形状，从来不多说半个字，他的理智比谁都清澈。那时我只忧虑着他脸上的没有笑劲儿—— 父亲脸上的笑劲儿已经不见了七八年了，可是我直到最近才看出来。

“可是没有笑劲儿有什么关系呢？老年人的尊严，或是心境不好，或是忧虑着自己的病……”只那么毫不在意地想着。

快放假的那个月，因为预备大考，做报告，做论文，整理笔记，空下来就在校园里找个朋友坐在太阳里谈些年轻人的事，饭后在初夏的黄昏里吹吹风，散散步，差不多有一个多月没回去。有时二弟从家里回学校来，我问他：

“爸的病好了些吗?”

“还是那个模样。”

父亲的病没利害起来，也就没放在心上，这一个多月，差不多把那些铅似的情绪洗刷净了，每天只打算着出了学校后的职业问题。

放假的那天，把行李交给二弟先叫车到家里，我去看了一次电影，又和朋友们吃了会点心。在饭店里谈了一回，直坐到街上全上了灯才回家。家里好像热闹了一些，一个堂房的婶娘，一个姑表姊，还有个姨娘全在楼上坐着轻声地讲着话。几个堂兄弟围着桌子在那儿瞧我带回来的，学校里的年刊。妈蹲在地上，守着风炉在给父亲煎药。我问妈：

“爸的病好了点儿吗？”

妈出神地蹲在那儿，没回答我的话。别的人也像没听见我的话似的，只望了我一眼，全那么古怪地像在想着什么似的。

走到父亲房里，伯父和一个远房的堂叔，还有一个姑表兄弟在那儿和父亲谈最近的金子跌潮，我便坐着听他们讲话。父亲的精神像比从前健朗了些，正在那儿讲这一次跌风的来源和理由。人是瘦得不像了，脸上只见一个个窟窿，头发，胡髭，眉毛全没有了润泽的光彩，一根根地竖了起来。从袖口里望进去，父亲的手臂简直是两根细竹竿撑着一层白纸，还是那么歇斯底里地颤抖着。他很平静的，和平日一样地讲着话：

“三月里我就看到了，那时我跟伯元他们说，叫他们做空头，尽管卖出，到五月马上会跌。他们不信，死也不肯做空头。”这时候他咳嗽起来，咳得那么厉害，脸上的筋全暴出来，肌肉全抽搐着。咳了好一回，就咳不出痰来，只空咳着，真的，父亲连咳嗽的力气都没了，我只听得他喉咙那儿发着空洞的咳声，一只锈坏了的钟似的。伯父跑到外面在父亲的，黄色的磁茶壶里冲了热茶，拿进来给他喝了几口才算停止了咳嗽。父亲闭着眼喘息了一会，才接下去：“真是气数，失了势的人连说句话也没人听的！”那么深长地叹息了一下。

大家全默默地坐着，不说一句话，因为父亲是一个个性很刚强的人，五十八年来，从不希冀人家的一丝同情——他是把怜悯当作侮辱的。可是他们不知道这半年来缠绵的病已经叫他变成一个神经质的，感伤的弱者了。他躺在那儿，艰苦地忍耐着他的伤感，我可以看到他的嘴唇痉挛着，那么困难地喘着气。他不动，也不说话，只那么平静地望着烟灯，可是他的眼珠子里边显露了他的整个的在抽咽着的灵魂。

我走了出来，我不能看一个庄严的老年人的受难。我走到外面，对妈说预备去赴校长和教授的别宴。

“别去了吧，爸那么地病着！你一个多月没回来了，爸时常挂念着你，今天刚回来，还不陪你爸坐一晚上？”

“要去的！”在妈前面，我老是那么孩子气地固执着。

“何必一定要去呢，你爸那么地病着？”

“为什么不去呢？”

忽然——

“去，让他去！现在也没有什么爸不爸了！”

在里边，出乎意外地，父亲像叱责一个窃贼似的，厉声地嚷了起来。

父亲从来没那么大声地说过话，更不用说那么厉声地叱责他的儿子了，从来没人见到过他恼得那么厉害，而且又不是怎么值得恼，会叫素来和蔼可亲，不动声色的他恼得大声地嚷起来。这反常的，完全出乎意外的叱责把屋子里的人全惊住了。我是诧异得不知怎么才好地怔在那儿望着妈。

“何必为那些小事动肝火啊！”是伯父的声音。

“你的爸快病死了，你去……你去！”

更出乎意外地，父亲突然抽抽咽咽地哭出声来，一个孩子似的。

屋子里悄悄地只听得他苍老的声音，有气没力地抽咽着，过了一会儿又咳嗽了起来，咳得那么厉害，咳了半天才慢慢儿平静了一下，低低地呻吟着，一只疲倦的老牛的叹息声似的，弥漫了这屋子。

许多埋怨的眼光看着我，我低下了脑袋，我的心脏为着那一起一落的呻吟痛楚着，一面却暗暗地憎恨父亲不该那么不留情面地叫人难堪，一面却也后悔刚才不应该那么固执。我知道我刚才刺痛了他的心，他是那么寂寞，他以为他的儿子都要抛弃他了。

到这时候，大家才猛的醒过来似的，倒茶的倒茶，拿汤药的拿汤药，全零落地跑到父亲房里去，只有那个姑表的小梅姊躺在外面的烟榻上，呆呆地望着我。我想进去又不敢，只怕父亲见了我，又触动了气。沉重的呻吟一阵阵地传了出来，我的身子一阵阵地发着抖，那么不幸地给大家摈弃了似的，坐在那儿想到三年前在外面浪游了两个多月，半身债半身病的跑回家来，父亲也是那平静地躺在烟榻上，那时他只——

“你那么随便跟酒肉朋友在外面胡闹，可知道家里是替你多么担着心啊!”很慈祥地说了一句，便吩咐我在家里住两个礼拜，养好了病，才准回学校去。

“怎么今天会那么反常地动着肝火呢?”好像到现在才明白父亲是病得很厉害了似的，慌张了起来。

模模糊糊地我看见小梅姊从烟榻那儿走过来，靠到桌子旁边，瞧了我一会，于是又听见她轻轻的对我说：

“你瞧，二舅舅的病怎么样？不相干吧?”

我看着她，我不明白她的意思。

“我看这病来得古怪，顶多还有五六天罢咧。二舅母现在是混的，不会知道，我也不能跟她说。你应该拿定主意，快办后事吧。”

我不懂，我什么也不懂，我不明白她是谁，我不明白她是说的什么话，我没有了知觉，没有了思虑，只茫然地望着她。忽然，我打了个寒噤，浑身发起抖来，只一刹那，我明白了，我什么都明白了，我明白她是谁，我明白她在说的什么话。一阵不可压制的，莫名其妙的悲意直冲了上来，我的嘴唇抽搐着，脑袋涨得发热，突然地我又觉得自己什么也不明白了。我一股劲儿的冲到自己房里，锁上了门，倒在床上。好半天，才听见自己在哭着，那么伤心地，不顾羞耻地哭着，才觉得一大串一大串的眼泪从腮帮儿那儿挂下去，挂到耳根上，又重重地掉在枕上；才听见妈在外面：

“朝深！朝深！”那么地嚷着。

静静地听了一会，又莫名其妙地伤心起来，在床上，从这边滚到那边，那边滚到这边，淘气的孩子似的哭得透不过气来。

不知道什么时候，她弄开了门，走了进来，坐在床沿那儿，先只劝着我：

“别那么哭，你爸听着心里难受的。”

慢慢儿的她的眼皮儿红起来了，眼泪从眼角那儿一颗颗的渗了出来。我却静静地瞧着她，瞧着她，尽瞧着她。我瞧着那眼泪古怪地挂下来，我瞧着她从口袋里掏出手帕来，我瞧着她伤心地抽咽着。可是我又模糊起来，我好奇地瞧着她的眼泪，一颗颗的渗出来，一颗颗地，那么巧妙地滴到床巾上，渗到那棉织物里边。

“多么滑稽啊!”那么地想着。

我想笑，可是心脏却怎么也不肯松散下来，每一根中枢神经的纤维组织全那么紧紧地绷着，只觉得笑意在嘴边溜荡着，嘴却抽搐着，怎么也不让这笑意浮上来。

躺着，躺着，瞧那天色慢慢儿的暗下来，一阵瞌睡顺着腿往上爬，一会儿我便睡熟了。

“医生来了!”楼下，老仆人大声地喊。

我猛的跳了起来，腿却疲倦得发软，在床边坐了一回儿，才慢慢儿的想起了刚才的事，不由有点儿好笑。

“神经过敏啊！可是爸真的会病死了吗？真的会病死了吗?”——不信地。

走到外面，医生已经坐在那儿抽雪茄，父亲，两只手扶着二弟的肩膀，脑袋靠着他的脊梁，呻吟着，一个非常老了的人似的，一步步地在地板上面拖着，妈在旁边扶着，走到门槛那儿，他费力地想提起腿来跨过门槛，可是怎么也跨不过去。妈说：

“还是回进去，请医生到房里来诊吧。”

父亲一面喘着气，一面摇着脑袋，还是拼命地想跨过门槛来。我连忙赶上去，一只手托着他的肋骨，一只手提着他的腿，好容易才跨过了门槛。父亲穿着很厚的丝棉袍子，外面再罩着件团龙的丝绒背心，隔着那件袍子，在我手上托着的是四条肋骨，摸不到一点肉，也摸不到一层皮，第一次我知道父亲真的是消瘦得连一点肉也没有。走着走着，在我眼前的父亲像变成纸扎人似的。

“父亲真的会病死了吗？真的会病死了吗？”又那么地问着自己，不信地。

坐到医生前面，父亲脑袋枕着自己的手臂，让他诊了脉，看了舌苔，还那么地问着医生：

“你瞧这病没大干系吧？”一面在嘴上堆着笑劲儿。父亲跟谁讲话，总是这么在脸上堆着笑劲儿的，可是不知怎么的我总觉得他的笑脸像是哭脸。

“病是不轻……”医生微微地摇着脑袋，一面瞧着他，怀疑似的。

“总可以好起来吧？”

父亲是那么地渴望着生啊！他是从来不信自己会死的；

他是个倔强的人，在命运压迫下，颓唐地死了，他是怎么也不愿意的。

“总会好起来吧!”医生那么地说了一句，便念着脉案，让坐在对面的门生抄下来。

父亲坐在那儿静静地听着他念，听了一回儿忽然连接着打起嗝来，一边喘着气，枕着自己的手臂。妈便说：

“到里边去躺着吧。”

父亲不作声。

“请进去吧，不必客气，请随便吧。”

等医生那么说了，父亲才撑着桌子站了起来：

“那么，对不起，我失陪了。”很抱歉地说着，吩咐了我站在外面伺候医生，才叫二弟扶着走到里边去。

父亲是那么地不肯失礼，不肯马虎的一个古雅的绅士；那么地不肯得罪人家，那么精细的一个中国商人——可是为什么让他生在这流氓的社会里呢？为什么呢？他的一生只是受人家欺骗，给人家出卖，他是一个历尽世故的老人，可是他还有着一颗纯洁的，天真的，孩子的心；他的暮年是那么颓唐，那么地受人奚落，那么地满腹牢骚，却从不责怪人家，只怪自已心肠太好。天哪，为什么让那么善良的灵魂在这流氓的社会里边生长着啊！

医生开了药方，摇着他的大扇子道：

“这是心病，要是今年正月里开头调理起来还不嫌迟，现在是有点为难了，单瞧这位老先生头发全一根根的竖了起来，这是气血两衰，津液已亏，再加连连打嗝，你们还是小心些好。”

听了他的话，妈便躺在烟榻上哭了起来，我一面送他下楼梯，一面却痛恨着他，把他送到门口：“爸真的会病死了吗？那么清楚的人怎么一来就能死呢？”那么地想着走了上来，到父亲房里，只见他闭着眼躺在那儿，一个劲儿的打嗝，打一个嗝，好好地躺着的身子便跳一下，皱着眉尖，那么痛苦地。

我瞧着他，心脏又紧缩起来了，可是怎么也不肯相信父亲那么一病就会病死了的，这简直是我不能了解的事。

父亲的嗝越打越厉害，一个紧似一个，末了，打着打着便猛的张开了嘴没了气，眼珠子翻了上去，眼皮萧住了一大半的眼球，瞳人停住在眼皮里边不动了，脑袋慢慢儿的从枕头上面滑下来，连忙——

“爸！爸！”地叫着他，才像从睡梦里给叫回来似的睁了睁眼，把脑袋重新放到枕上面，闭上了嘴，轻轻地打着嗝，过了一会儿，猛的打了个嗝，张开了嘴，眼珠子又翻了上去。又连忙叫着他，才又忽然跳了一下似的醒了过来，他是那么痛苦地，那么困难地在挣扎着，用他的剩余的生命力，剩余的气息。那时我才急了起来，死盯住他的眼珠子看着，各种各样的希望，各种各样的思想混合酒似的在我神经那儿混和着。我想跪下来祈祷，我想念佛，我想啮住父亲的人中，我想尽了各种传说的方法，可是全没做，只发急地盯住他的眼珠子，捉住了他的手，手已经冷了，冰似的，脉息也没了，浮肿着，肌色很红润地。许多人全跑了进来，站在床边，不动也不说话。妈只白痴似的坐在床沿那儿摸着他的手，替他搓着胸口，一面悄悄地淌着眼泪。

我听见了死神的翅膀在拍着，我看见黑色的他走了进来，我看见他站到父亲床边，便恳求着他，威吓着他，我对他说着，也对自己说着：

“果真一个人就能那么地死了吗？一个善良的灵魂？”

差不多挨了一个半钟头，父亲的嗝才停止了，呼吸平静了下来，平和地，舒服地躺在那儿。

“好了！不相干了！人是不能就那么地死了的。”

我摸着他的脚，脚像一块冰，摸着他的手，手还是冰似的没有脉搏，顺着手臂往上摸，到胳膊肘那儿，皮肤慢慢儿的暖了起来，在我触觉下的父亲的皮是枯燥的瑞典纸，骨骼的轮廓的有着骷髅的实感，那么地显明啊。

父亲的眼珠子忽然睁了开来，很有精神的人似的：

“笨小子！这地方儿也能冷了吗?”

我差一点跳了起来，他醒了，清醒了，不会死了，全身的骨节全松散起来，愉快起来。

父亲慢慢儿的在站着的人的脸上瞧了一瞧，道：

“你们的伯父呢?”

“在楼下。”不知道哪个说。

我连忙跑下去，跑到楼下，却见伯父正拿着父亲的鞋子叫仆人照这大小去买靴，院子里放了纸人纸马，还有纸轿锡箔，客堂上面烧着两枝大红烛。

“傻子呢！人也清醒了!”暗暗地笑着，把伯父叫了上去。

“兆文！兆文!”在父亲的耳朵旁边伯父轻轻地叫着。

父亲慢慢儿的睁开眼来道：“把我的枕头垫高些。”

二弟捧着他的脑袋，我给加了个枕头，父亲像舒服了些似的叹了口气，闭上了眼珠子，又像睡过去了，他的脑袋一点点的从枕头那儿滑下来，滑到床巾上，于是又睁开眼来：

“怎么把我的枕头拿了呢?”声音微弱到听不见似的。

我们捧着他的脑袋给放在枕头上面，他又闭上了眼珠子，妈便凑在他耳朵旁边说道：

“大伯在这儿……”

“噢!”猛的睁开眼来，瞧了瞧我们，又静静地瞧了回伯父，想说什么话似的，过了一回，才说：“没什么，我想怎么不见他。”

“爸，你想抽烟吗？我喷给你，可好?”妈坐在床上，捧着他的脑袋。

“不用!”父亲非常慢地回过脑袋来，瞧着她，瞧着她，尽瞧着她，忽然他的眼珠失去了光彩，呆呆地停住在那儿。

“爸！爸!”妈发急地叫着。

父亲不作声，眼皮儿慢慢儿的垂了下来，盖住了眼珠子，妈招着手叫我们上去喊他。

“爸!”

“爸!”

于是他的脸痉挛着，他的嘴动着动着，想说什么话似的。我看得出他是拼命地在挣扎。

“爸!”

“爸!”

于是他的嘴抽搐着，忽然哭了出来，没有声音，也没有眼泪，两挂鼻涕从鼻子里边淌出来，脑袋从妈手里跌到床上，他的嘴闭上了，眼也闭上了，垂着脑袋，平静地，像一个睡熟了的人似的。

“真的就那么地死了吗?”

天坍了下来，坍到我一个人脑袋上面，我糊糊涂涂的跑了开去，坐在地上，看他们哭，看他们替他着衣服，我什么也不明白，什么也不想，我不懂什么是死，什么是生，我只古怪地坐在地上，没有眼泪，也没有悲哀，完全一个白痴似的。

每天，我们母子五个人静静地坐着，没一个吊客来，也没一个亲戚来，只有我们五个孤独的灵魂在初夏的黄昏里边默默地想着父亲。

从前，这时候，门铃响了一下，老仆人开了门，咳嗽着走了进来的是父亲，我们听得出他的脚声，他的咳嗽，他的一切，对于我们，是那么地熟悉的。

没有了咳嗽，没有了门铃，每天到这时候，门铃响了一下，便——

“爸啊！”

“爸啊！”

“爸啊！”

那么地怀念着父亲。

我们怎么也不相信父亲是已经死了，总觉得他在外面没回来似的，听到一声咳嗽，一声门铃，五颗心就跳了起来。

“爸啊！”

“爸该回来了吧！”

我们五个人，每个黄昏里边，总静静地坐在幽暗的屋子里等着，等那永远不会回来了的父亲，咳嗽着，一个非常老了的人似的撑着楼梯那儿的扶手一步步地走上来，和一张慈祥的脸，一个亲切的声音一同地。

种在诬蔑里的决心

唐　弢

路边的小草悄悄地发了芽，随着时序，又悄悄地枯去了，这不过是跟着自然的法则在荣枯，说起来，毫不足奇。然而，即使是这样平庸的生息，这样不被注意的一根小草吧，对于受过它的荫覆的虫蚁，这变故却是一种悲哀——深切而不易于退去的悲哀。

我的对于死去的父亲，那哀念，也正如虫蚁之于小草，虽不足取，但于自己是深切的。他活得平庸，也死得平庸，泥土一盖上身，人们就把他从记忆里撵出，忘掉了，只有我还时时想起，又因这想起而苦恼，而悲哀，而至于无法摆脱。

用来抵抗这无法摆脱的，我就只有写一点，写出那最使我怀念的一点来——我们有一种古老的意思，以为捆锄头柄人家的子弟，不需要多读书，因为那命运注定是种田坯。受了世俗观念播弄的父亲，只在私塾里念了两年书，所读的是什么呢？我不清楚，从他后来的谈话揣测起来，大概是《百家姓》和《幼学琼林》吧，但也说不定，说得定的，是他的对于失学的懊恨。他做的事太多，识的字太少了。每次当我看见他提起笔，颤巍巍地在纸上签名的时候，那脸色，总是非常黯淡，我明白：他的心是痛苦的。

这痛苦使他有了最大的决心。

我们村里虽然没有巨富之家，但小康是有的，高墙头，小老婆，鸦片烟枪，一件不少，只是找不出一个中学生。有钱人家的子弟，小学毕了业，就被送到钱庄里，南货店里，当学徒去了。贫穷的呢，留在乡下，是种田坯。

我也是种田坯之一。从我应该念书的时候起，家道更不如前了，按例，连进学校的福份也没有。但是父亲的决心，终于打破了那习惯，我不但进了学校，和富家子弟坐在一起，而且一年一年念下去，好像在和他们比赛似的。

对于绅士们，这也真是一个极大的侮辱吧，因此招来了普遍的不满。而填补这不满的，是冷嘲和诬蔑，有一回，一个绅士甚至得意地说：

“连粪缸基地也卖把我了，还给读书，死不觉悟!”

在乡下，穷到卖田卖屋，一定会被看成没有出息，但还不足为奇，只有粪缸基地是不能卖的，一卖，这就把子孙的根基也卖掉了，据说后代就不会“发”。那位绅士的舌头，是尖成两叉的，他诬蔑了我的父亲，也断定了我的前途。说得那么肯定，不久，就纷纷传开去，连祖母和母亲也怀疑起来。以侮辱还侮辱，对于绅士们，父亲是决不宽容的，也不因谣言而灰心。我仍旧读着书。

然而穷人而要读书，毕竟还是一件大罪案。可恨我又没有使自已变成小孩的法术，竟一年一年长大起来，长大而犹读书，好像脸上给刺了字，更加见不得人了。

有一次，父亲带我到一个本家去拜年，这本家和父亲很相得，对于我的读书问题，从来没有当面反对过， 自然，腹非一定是早已腹非了的，也许因为腹非得太久的缘故吧，这一回，终于忍不住了，他明明是知道我的年纪的，一见面就问道：

“长得多高大呀！像成人呢，几岁了？”

我一看来势不妙，低下头，一声不响。父亲回答道：“十四岁了！”

“真快！真快！我家阿强是十六岁成家的。你的……嗨嗨！还在念书。”

“唔!”父亲含糊地答了一声。

“你到底预备给他干什么呢？这样下去，人家会笑话的!”这真是单刀直入。他说完了，拼命吸着水烟，仿佛水烟筒里出了妖孽似的。

“我看，还是找一着生意吧，三年学满，也可以有三五元钱一月，饭总可以吃人家的喽，还不要出学费。嗨！你真傻！现在是民国了呀，难道还想他读书赶考吗？况且，你家是世代种田的！嗨嗨!”

这“嗨嗨”颇有效力，父亲知道我不能再耽在乡下了，距高小毕业还差半年，就摒挡些钱，让我转学到上海去，从此离开了故乡，离开了冷嘲和诬蔑。但我的父亲所受的，一定比先前更多，更厉害。

在上海过了一年，到得一九二八年春天，我就决定不再念书了。每天躲在家里，算算开学的日子近起来，我的心越是悲苦，但一点也没有法子想。开学了，一天，两天，三天，我完全绝望了。学校写信来问我为什么不再去读书，因为不愿意说出原因，就推说身体不好，不能再用功。

几天以后，得到上海方面一个远房亲戚的通知，说是有个工作可以为我介绍，连忙出来，不料机会已经错过，那位亲戚对父亲说：

“还是让他继续读书吧，我可以供给膳宿的。”

父亲立刻答应了，一面就计划怎样来酬谢他。我又进了那个学校，无条件的取消了不能用功的前言。

为了要筹措这几年学费，父亲卖去了仅有的几亩田，欠了不少债，受尽绅士们的非难轻蔑。等到我自己私下找到职业，坚决表示不再读书的时候，他已经因为经济的逼迫，神经失常。三年后，带着诬蔑和冷嘲，默默地死去了。

我先后读了十年书，仿佛犯了弥天大罪，辱没了祖宗似的，使绅士们不平了小半世。奴隶的命运竟是这样不容易摆脱的！我看见了周围的压迫、侮辱、剥削。看见了冷嘲和诬蔑，但是，也看见了种在这诬蔑里的决心，我是受着这决心的荫庇长大起来的。

父亲的记忆

孙　犁

父亲十六岁到安国县（原先叫祁州）学徒，是招赘在本村的一位姓吴的山西人介绍去的。这家店铺的字号叫永吉昌，东家是安国县北段村张姓。

店铺在城里石牌坊南。门前有一棵空心的老槐树。前院是柜房，后院是作坊——榨油和轧棉花。

我从十二岁到安国上学，就常常吃住在这里。每天掌灯以后，父亲坐在柜房的太师椅上，看着学徒们打算盘。管账的先生念着账本，人们跟着打，十来个算盘同时响，那声音是很整齐很清脆的。打了一通，学徒们报了结数，先生把数字记下来，说：去了。人们扫清算盘，又聚精会神地听着。

在这个时候，父亲总是坐在远离灯光的角落里，默默地抽着旱烟。

我后来听说，父亲也是先熬到先生这一席位，念了十几年账本，然后才当上了掌柜的。

夜晚，父亲睡在库房。那是放钱的地方，我很少进去，偶尔从撩起的门帘缝望进去，里面是很暗的。父亲就在这个地方，睡了二十几年，我是跟学徒们睡在一起的。

父亲是一九三七年，七七事变以后离开这家店铺的，那时兵荒马乱，东家也换了年轻一代人，不愿再经营这种传统的老式的买卖，要改营百货。父亲守旧，意见不合，等于是被辞退了。

父亲在那里，整整工作了四十年。每年回一次家，过一个正月十五。先是步行，后来骑驴，再后来是由叔父用牛车接送。我小的时候，常同父亲坐这个牛车。父亲很礼貌，总是在出城以后才上车，路过每个村庄，总是先下来，和街上的人打招呼，人们都称他为孙掌柜。

父亲好写字。那时学生意，一是练字，一是练算盘。学徒三年，一般的字就写得很可以了。人家都说父亲的字写得好，连母亲也这样说。他到天津做买卖时，买了一些旧字帖和破对联，拿回家来叫我临摹，父亲也很爱字画，也有一些收藏，都是很平常的作品。

抗战胜利后，我回到家里，看到父亲的身体很衰弱。这些年闹日本，父亲带着一家人，东逃西奔，饭食也跟不上。父亲在店铺中吃惯了，在家过日子，舍不得吃些好的，进入老年，身体就不行了。见我回来了，父亲很高兴。有一天晚上，一家人坐在炕上闲话，我絮絮叨叨地说我在外面受了多少苦，担了多少惊。父亲忽然不高兴起来，说：“在家里，也不容易!”

回到自己屋里，妻抱怨说：“你应该先说爹这些年不容易!”

那时农村实行合理负担，富裕人家要买公债，又遇上荒年，父亲不愿卖地，地是他的性命所在，不能从他手里卖去分毫。他先是动员家里人卖去首饰、衣服、家具，然后又步行到安国县老东家那里，求讨来一批钱，支持过去。他以为这样做很合理，对我详细地描述了他那时的心情和境遇，我只能默默地听着。

父亲是一九四七年五月去世的。春播时，他去耪耧，出了汗，回来就发烧，一病不起。立增叔到河间，把我叫回来。

我到地委机关，请来一位医生，医术和药物都不好，没有什么效果。

父亲去世以后，我才感到有了家庭负担。我旧的观念很重，想给父亲立个碑，至少安个墓志。我和一位搞美术的同志，到店子头去看了一次石料，还求陈肇同志给撰写了一篇很简短的碑文。不久就土地改革了，一切无从谈起。

父亲对我很慈爱，从来没有打骂过我。到保定上学，是父亲送去的。他很希望我能成材，后来虽然有些失望，也只是存在心里，没有当面斥责过我。在我教书时，父亲对我说：

“你能每年交我一个长工钱，我就满足了。”我连这一点也没有做到。

父亲对给他介绍工作的姓吴的老头，一直很尊敬。那老头后来过得很不如人，每逢我们家做些像样的饭食，父亲总是把他请来，让在正座。老头总是一边吃，一边用山西口音说：“我吃太多呀，我吃太多呀！”

母亲的记忆

孙　犁

母亲生了七个孩子，只养活了我一个。一年，农村闹瘟疫，一个月里，她死了三个孩子。爷爷对母亲说：

“心里想不开，人就会疯了。你出去和人们斗斗纸牌吧！”

后来，母亲就养成了春冬两闲和妇女们斗牌的习惯；并且常对家里人说：

“这是你爷爷吩咐下来的，你们不要管我。”

麦秋两季，母亲为地里的庄稼，像疯了似的劳动。她每天一听见鸡叫就到地里去，帮着收割、打场。每天很晚才回到家里来。她的身上都是土，头发上是柴草。蓝布衣裤汗湿得泛起一层白碱，她总是撩起褂子的大襟，抹去脸上的汗水。

她的口号是：“争秋夺麦!”“养兵千日，用兵一时!”一家人谁也别想偷懒。

我生下来，就没有奶吃。母亲把馍馍晾干了，再粉碎煮成糊喂我。我多病，每逢病了，夜间，母亲总是放一碗清水在窗台上，祷告过往的神灵。母亲对人说：“我这个孩子，是不会孝顺的，因为他是我烧香还愿，从庙里求来的。”

家境小康以后，母亲对于村中的孤苦饥寒，尽力周济，对于过往的人，凡有求于她，无不热心相帮。有两个远村的尼姑，每年麦秋收成后，总到我们家化缘。母亲除给她们很多粮食外，还常留她们食宿。我记得有一个年轻的尼姑，长得眉清目秀。冬天住在我家，她怀揣一个蝈蝈葫芦，夜里叫得很好听，我很想要。第二天清早，母亲告诉她，小尼姑就把蝈蝈送给我了。

抗日战争时，村庄附近，敌人安上了炮楼。一年春天，我从远处回来，不敢到家里去，绕到村边的场院小屋里。

母亲听说了，高兴得不知给孩子什么好。家里有一棵月季，父亲养了一春天，刚开了一朵大花，她折下就给我送去了。父亲很心痛，母亲笑着说：“我说为什么这朵花，早也不开，晚也不开，今天忽然开了呢，因为我的儿子回来，它要先给我报个信儿！”

一九五六年，我在天津，得了大病，要到外地去疗养。那时母亲已经八十多岁，当我走出屋来，她站在廊子里，对我说：

“别人病了往家里走，你怎么病了往外走呢！”

这是我同母亲的永诀。我在外养病期间，母亲去世了，享年八十四岁。

怀念父亲

吴祖光

天降王师壶浆迎，
江东父老望旗旌。
渡江五月惊奇略，
横海千军扫逆鲸。
三载鏖兵除暴政，
万民额手颂新生。
秦皇汉武都陈迹，
从此趋风毛泽东。

1949 年春，解放战争接近尾声。由于国民党战犯集团暴露了伪装和平的真面目，拒绝在已经约定的国内和平协定上签字，解放大军万帆竞发席卷江南，一举倾覆了祸国殃民的蒋家王朝。

身经满清封建帝制、民国肇兴、北洋军阀和国民党腐朽政权，半世为官做吏、历尽沧桑、心力交瘁的我的父亲——景州先生当时五十八岁，一年前辞去了南京政府的官职，闲居卧病春申江上，以书画为生。却在烽火声中的 5 月 25 日走出北四川路余庆坊的家门，去欢迎中国人民解放军的到来，并且满怀激情地写下了上面的这首七言律诗。

由于老一辈人死亡殆尽，今年高龄八十九岁的母亲身体已经十分衰弱，兼之极度耳聋，我已很难了解父亲青少年时期的情况了。在与父母亲共同生活的我的青年时代又没有想到做一些了解父亲上述情况的工作，因此我对自己父亲的了解也是很不全面的。我只知道父亲生于 1891 年的春天，在他进入社会之前曾就读于当时“湖北方言学堂”，这个由张之洞创办的大学堂大概是中国最早专修外语的高等学校。父亲读的是英文专业，毕业之后他被任命到现在辽宁省的辽阳县去做一个中学的英文教师。我最初知道父亲的这个第一个职业是听我的中学国文老师杨晦告诉我的，他是当年辽阳中学我父亲的学生。

听到杨先生告诉我之后，我才去问过父亲：他在辽阳中学任教一年之后，和这个学校的校长发生了一场争论，一怒辞职。当时他的很多学生，包括杨晦在内都曾经极力挽留他，向学校当局提意见，表示要和这个年轻老师同进退。但是父亲坚决离校，一人来到北京。

那时是什么年代我不清楚，倒溯我的年龄，至少是我出生前的三四年，应是1914年以后。父亲到北京是来投奔他的舅父庄蕴宽先生。我的这位舅公是一位大人物，科举出身，历任军政要职，以为官严正，不畏权贵著称于时，并以诗文、书法名家。由于庄的援引，父亲进入了当时的北洋政府，开始了他一生的宦海生涯。

父亲的官运并不亨通，据我回忆中的印象，他工作认真，为人耿直，因此不免会触犯一些他不喜欢的人，乃至他的上级主管，因此升迁很慢，他在20年代做的最高官是京都市政督办公所的坐办，大概是当时的北京市政府的第三、四号人物，相当秘书长，后参与创建北京故宫博物院，任接收代表和常委、《故宫周刊》主编，是抗日战争时期文物南迁的总押运官之一。可以说是中国文博界的开创者。这是我儿时的记忆，也可能是不准确的。30年代后期到40年代，曾做过湖北民政方面的官吏，最后担任抗战时期以至日本投降以后的国防最高委员会的参事等职，在旧官场中，始终只是一个幕僚人物。

但父亲本是个不宜做官的人，他热衷的是读书、做诗、写字、绘画、刻印，并都有所成就。此外他最有兴趣的是收购古玩字画碑帖，他一生工资收入大部分都送给了古玩铺。我至今记得每年“三节”，即端阳节、中秋节、春节，古玩店伙计来家要账，在门房里坐了一屋子人，尽管还是客客气气，但由于要不到钱赖着不走的情景。甚至于有一年我和姐姐、妹妹、弟弟在学年开学时，竟由于父亲买古董把钱花光负债累累，连我们的学费都交不出来，只得写信给学校要求缓交，弄得我这小学生都觉得脸上无光。生性温柔善良的母亲对父亲从来百依百顺，但为此亦不止一次由于婉劝不成而生气、而哭闹流泪，弄得全家愁云密布，郁郁寡欢；但一家之主的父亲却依旧是家里的权威，依然大把花钱，从古玩店抱着破烂的古董、字画回家欣赏，毫无悔改之意。

因此，在他一生当中，他感到最有兴趣的莫过于从1924 年至 1934 年整整十年当中的故宫博物院的职务。这是中国人民在两千多年的封建压迫之下，一举推翻满清帝制，并将封建王朝的宫殿宝库向广大人民群众彻底开放，公诸于世的壮举。在故宫博物院里收藏着中国有史以来的奇珍异宝、典章文物，历代书画篆刻、能工巧匠的稀世杰作。

这对父亲说来具有无与伦比的迷人的魅力，从接收清宫文物的开始他就兴致勃勃地投入工作。开始他只是由于内务部的主管来兼顾故宫博物院的创办工作；后来甚至离开了自己的本职，以故宫为主要的职务了。但是他不可能预见到，这个故宫博物院，以它本身具有的特性注定了是一个不祥之地；一贯热情憨直乃至带有几分傻气的父亲由于客观存在的种种难以预计的情况，如他自己所说，“由于帮助地位以至身被罗织，名列法网”，跌进了一个不深不浅，十分恼火，而又无可奈何，哭笑不得的陷阱。

父亲的受冤受害，完全是由于为了他的一个“同患难而观点各异，亲而不信的总角之交”引起的。从天理人情而言，他的自幼相交的同窗好友易寅村先生——故宫博物院院长——乃是一个薄情负义的朋友。但是父亲却是一往情深，至死不渝，由于易的受冤含恨，抑郁弃世，父亲在有生之年一刻也没有忘记为我们这位易伯伯申雪冤枉。1949 年上海解放之后，父亲为这件事还给新的人民政府的领导同志写信呼吁。我们尊敬的董老必武同志还亲自登门来拜会过我的父亲。

为了申雪易寅村的冤案，父亲做了大量的工作，可谓念兹在兹，时刻不忘。这本《故宫二十五年魅影录》是他在全国解放前一年辞去国防最高委员会参事的职务、和腐朽没落濒临溃灭的国民党政权彻底决裂以后，完成写作的对这所谓“故宫盗宝”冤案的详尽记录。

全国解放之后，父亲被陈毅元帅请去任命为上海文物管理委员会委员。他怀着十分振奋感激的心情为这个本来可以安居休养的名誉职务热情工作和奔走着，却终于在一次因公外出时以脑溢血而病倒。他右肢瘫痪，语言困难，但依然不曾忘记对易案的昭雪；见到无论是生人熟客时，三言两语也要吃力地谈到故宫往事，家人对此拦也拦不住他。父亲卧病达八年之久，1955 年，在他病倒五年之后，我接他从上海来北京同住，那时他虽然行动步履十分艰难，却仍用左手写字作画，吟咏诗词，表现了十分顽强的精神毅力。他一生富有同情心，忠于友情。1958 年 10 月，在病榻上见报载他的老友郑振铎先生因飞机失事遇难，痛哭不能遏止，脑血管再度溢血，病情急剧恶化，卧床不起，于次年 5 月 14 日去世。

父亲去世的前一年，我被“反右”之难，远戍北疆；闻听噩耗，申请返京奔丧而不获批准。因此在那年早春一个大雪满天的夜晚，离家北行拜别父亲就是我和他的最后一面。那时他口齿不清，没有说话，但却是满脸笑容，留给我的最后印象是欢喜的，没有悲伤。

父亲的个人爱好——收藏以书画为主的古文物，直迄中风病倒以前一直没有改变。1937 年“七七事变”父亲率领全家仓皇避难入川，万里征途之中他宁肯将衣物箱笼大量弃置，却精选一部分心爱的书画不辞艰险带在身边，尤其是他所谓“镇库之宝”的三幅大画：吴道子西旅贡契图、吕纪福禄图、黄石斋山水，都是用黄绫包裹的精工装裱，几乎是形影不离地带在身边，当然，经过这一转徙，文物损失惨重。然而到了四川之后，经过轰炸和多次搬迁，稍得安居时，他又开始逛古玩店，把旧字旧画、古玩玉器抱回家来。真是本性难移，顽固至极。待我把他接来北京时，他已经卧床四年，我和父亲商量，提到鉴于这一批古旧文物今后保管的困难，建议全部捐献给国家。他不暇思索，立即同意，并约请当时主管文物的郑振铎和唐兰同志来参观鉴定，将所藏二百余件古文物无偿捐献给故宫博物院。他高兴地说：“交给国家，比我自己保管要安全得多了。”父亲一生历经三代政府，有如长夜行路，历尽坎坷，到他的晚年才找到他最信任的共产党的人民政府。

父亲的一生，在我的记忆里，他每日伏案挥毫，或写或画十分勤奋，尽管这都是他的业余活动。他的著作出版计有：《故宫博物院前后五年经过记》《中国国文法》，话剧《长生殿》《蜀西北纪行》等。

他的最后遗作《故宫二十五年魅影录》，实现了他耿耿于怀、对含冤而死的亡友半生未了的心愿。这本书对当年故宫博物院成立的经过有详尽、具体的描述，对国民党上层人物承袭过去封建官场的黑暗腐败、勾心斗角也有细致的刻画，包含有丰富的历史资料。

父亲一生中还写了相当数量的诗词和题画诗，但是由于“文化大革命”的一场浩劫，至今在我身边只剩下从1946 年以后的一本诗作了。

写这篇文章，勾起对逝世二十三年的父亲的无限哀思。

1937 年我初入世途，任职于当时的国立戏剧学校。因抗日战争起，迁校于长沙，父亲从武昌寄了一份东北抗日义勇军烈士苗可秀的文字材料，并写信给我，希望我用这个题材写一个话剧剧本。我以初生之犊的勇气，按照父亲的嘱咐写了我平生的第一个多幕剧《凤凰城》，并从此开始了以写作为自己的终身事业。现在以这篇短文为父亲的遗作注解，也作为对父亲永远的纪念。

爸爸的花儿落了

林海音

新建的大礼堂里，坐满了人；我们毕业生坐在前八排，我又是坐在最前一排的中间位子上。我的襟上有一朵粉红色的夹竹桃，是临来时妈妈从院子里摘下来给我别上的，她说："夹竹桃是你爸爸种的，戴着它，就像爸爸看见你上台时一样！"

爸爸病倒了，他住在医院里不能来。

昨天我去看爸爸，他的喉咙肿胀着，声音是低哑的。我告诉爸，行毕业典礼的时候，我代表全体同学领毕业证书，并且致谢词。我问爸，能不能起来，参加我的毕业典礼？六年前他参加了我们学校的那次欢送毕业同学同乐会时，曾经要我好好用功，六年后也代表同学领毕业证书和致谢词。今天，“六年后”到了，我真的被选做这件事。

爸爸哑着嗓子，拉起我的手笑笑说：

“我怎么能够去?”

但是我说：

“爸爸，你不去，我很害怕。你在台底下，我上台说话就不发慌了。”

“英子，不要怕，无论什么困难的事，只要硬着头皮去做，就闯过去了。”

“那么爸爸不也可以硬着头皮从床上起来到我们学校去吗?”

爸爸看着我，摇摇头，不说话了。他把脸转向墙那边，举起他的手，看那上面的指甲。然后，他又转过脸来叮嘱我：

“明天要早起，收拾好就到学校去，这是你在小学的最后一天了，可不能迟到！”

“我知道，爸爸。”

“没有爸爸，你更要自己管自己，并且管弟弟和妹妹，你已经大了，是不是？”

“是。”我虽然这么答应了，但是觉得爸爸讲的话很使我不舒服，自从六年前的那一次，我何曾再迟到过？

当我在一年级的时候，就有早晨赖在床上不起床的毛病。每天早晨醒来，看到阳光照到玻璃窗上了，我的心里就是一阵愁：已经这么晚了，等起来，洗脸， 扎辫子，换制服，再到学校去，准又是一进教室被罚站在门边。同学们的眼光，会一个个向你投过来，我虽然很懒惰，却也知道害羞呀！所以又愁又怕，每天都是怀着恐惧的心情，奔向学校去。最糟的是爸爸不许小孩子上学乘车的，他不管你晚不晚。

有一天，下大雨，我醒来就知道不早了，因为爸爸已经在吃早点。我听着，望着大雨，心里愁得了不得。我上学不但要晚了，而且要被妈妈打扮得穿上肥大的夹袄，和踢拖着不合脚的油鞋，举着一把大油纸伞，走向学校去！想到这么不舒服的上学，我竟有勇气赖在床上不起来了。

等一下，妈妈进来了。她看我还没有起床，吓了一跳，催促着我，但是我皱紧了眉头，低声向妈哀求说：

“妈，今天晚了，我就不去上学了吧?”

妈妈就是做不了爸爸的主意，当她转身出去，爸爸就进来了。他瘦瘦高高的，站在床前来，瞪着我：

“怎么还不起来，快起！快起!”

“晚了！爸!”我硬着头皮说。

“晚了也得去，怎么可以逃学！起!”

一个字的命令最可怕，但是我怎么啦?居然有勇气不挪窝。

爸气极了，一把把我从床上拖起来，我的眼泪就流出来了。爸左看右看，结果从桌上抄起鸡毛掸子倒转来拿，藤鞭子在空中一抡，就发出咻咻的声音，我挨打了！

爸爸把我从床头打到床角，从床上打到床下，外面的雨声混合着我的哭声。我哭号，躲避，最后还是冒着大雨上学去了。我是一只狼狈的小狗，被宋妈抱上了洋车——第一次花钱坐车去上学。

我坐在放下雨篷的洋车里，一边抽抽搭搭地哭着，一边撩起裤脚来检查我的伤痕。那一条条鼓起来的鞭痕，是红的，而且发着热。我把裤脚向下拉了拉，遮盖住最下面的一条伤痕，我最怕被同学耻笑。

虽然迟到了，但是老师并没有罚我站，这是因为下雨天可以原谅的缘故。

老师叫我们先静默再读书。坐直身子，手背在身后，闭上眼睛，静静地想五分钟。老师说：想想看，你是不是听爸妈和老师的话？昨天的功课有没有做好？今天的功课全带来了吗？早晨跟爸妈有礼貌地告别了吗？……我听到这儿，鼻子抽搭了一大下，幸好我的眼睛是闭着的，泪水不至于流出来。

正在静默的当中，我的肩头被拍了一下，急忙地睁开了眼，原来是老师站在我的位子边。他用眼势告诉我，叫我向教室的窗外看去，我猛一转过头，是爸爸那瘦高的影子！

我刚安静下来的心又害怕起来了！爸为什么追到学校来？爸爸点头示意招我出去。我看看老师，征求他的同意，老师也微笑地点点头，表示答应我出去。

我走出了教室，站在爸面前。爸没说什么，打开了手中的包袱，拿出来的是我的花夹袄。他递给我，看着我穿上，又拿出两个铜板来给我。

后来怎么样了，我已经不记得，因为那是六年以前的事了。只记得，从那以后，到今天，每天早晨我都是等待着校工开大铁栅校门的学生之一。冬天的清晨 站在校门前，戴着露出五个手指头的那种手套，举了一块热乎乎的烤白薯在吃着。夏天的早晨站在校门前，手里举着从花池里摘下的玉簪花，送给亲爱的韩老师，她教我跳舞。

啊！这样的早晨，一年年都过去了，今天是我最后一天在这学校里啦！

当当当，钟声响了，毕业典礼就要开始。看外面的天，有点阴，我忽然想，爸爸会不会忽然从床上起来，给我送来花夹袄？我又想，爸爸的病几时才能好？妈妈今早的眼睛为什么红肿着？院里大盆的石榴和夹竹桃今年爸爸都没有给上麻渣，他为了叔叔给日本人害死，急得吐血了，到了五月节，石榴花没有开得那么红，那么大。如果秋天来了，爸还要买那样多的菊花，摆满在我们的院子里、廊檐下、客厅的花架上吗？

爸是多么喜欢花。

每天他下班回来，我们在门口等他，他把草帽推到头后面抱起弟弟，经过自来水龙头，拿起灌满了水的喷水壶，唱着歌儿走到后院来。他回家来的第一件事就是浇花。那时太阳快要下去了，院子里吹着凉爽的风，爸爸摘一朵茉莉插到瘦鸡妹妹的头发上。陈家的伯伯对爸爸说：“老林，你这样喜欢花，所以你太太生了一堆女儿！”我有四个妹妹，只有两个弟弟。我才 12 岁……

我为什么总想到这些呢？韩主任已经上台了。他很正经地说：“各位同学都毕业了，就要离开上了六年的小学到中学去读书，做了中学生就不是小孩子了，当你们回到小学来看老师的时候，我一定高兴看你们都长高了，长大了……”

于是我唱了五年的骊歌，现在轮到同学们唱给我们送别：“长亭外，古道边，芳草碧连天。问君此去几时来，来时莫徘徊！天之涯，地之角，知交半零落，人生难得是欢聚，惟有别离多……”

我哭了，我们毕业生都哭了。我们是多么喜欢长高了变成大人，我们又是多么怕呢！当我们回到小学来的时候，无论长得多么高，多么大，老师！你们要永远拿我当个孩子呀！

做大人，常常有人要我做大人。

宋妈临回她的老家的时候说：

“英子，你大了，可不能跟弟弟再吵嘴！他还小。”

兰姨娘跟着那个四眼狗上马车的时候说：

“英子，你大了，可不能招你妈妈生气了！”

蹲在草地里的那个人说：

“等到你小学毕业了，长大了，我们看海去。”

虽然，这些人都随着我的长大没有了影子了。是跟着我失去的童年一起失去了吗？

爸爸也不拿我当孩子了，他说：

“英子，去把这些钱寄给在日本读书的陈叔叔。”

“爸爸！”

“不要怕，英子，你要学做许多事，将来好帮着你妈妈。你最大。”

于是他数了钱，告诉我怎样到东交民巷的正金银行去寄这笔钱——到最里面的台子上去要一张寄款单，填上“金柒拾元也”，写上日本横滨的地址，交给柜台里的小日本儿!

我虽然很害怕，但是也得硬着头皮去——这是爸爸说的，无论什么困难的事，只要硬着头皮去做，就闯过去了。

“闯练，闯练，英子。”我临去时爸爸还这样叮嘱我。

我心情紧张地手里捏紧一卷钞票到银行去。等到从最高台阶的正金银行出来，看着东交民巷街道中的花圃种满了蒲公英，我很高兴地想：闯过来了，快回家去，告诉爸爸，并且要他明天在花池里也种满了蒲公英。

快回家去！快回家去！拿着刚发下来的小学毕业文凭——红丝带子系着的白纸筒，催着自己，我好像怕赶不上什么事情似的，为什么呀?

进了家门来，静悄悄的，四个妹妹和两个弟弟都坐在院子里的小板凳上，他们在玩沙土，旁边的夹竹桃不知什么时候垂下了好几枝子，散散落落的很不像样，是因为爸爸今年没有收拾它们——修剪、捆扎和施肥。

石榴树大盆底下也有几粒没有长成的小石榴，我很生气，问妹妹们：

“是谁把爸爸的石榴摘下来的？我要告诉爸爸去！”

妹妹们惊奇地睁大了眼，她们摇摇头说：“是它们自己掉下来的。”

我捡起小青石榴。缺了一根手指头的厨子老高从外面进来了，他说：

“大小姐，别说什么告诉你爸爸了，你妈妈刚从医院来了电话，叫你赶快去，你爸爸已经……”

他为什么不说下去了？我忽然觉得着急起来，大声喊着说：

“你说什么？老高。”

“大小姐，到了医院，好好儿劝劝你妈，这里就数你大了！就数你大了！”

瘦鸡妹妹还在抢燕燕的小玩意儿，弟弟把沙土灌进玻璃瓶里。是的，这里就数我大了，我是小小的大人。我对老高说：

“老高，我知道是什么事了，我就去医院。”我从来没有过这样的镇定，这样的安静。

我把小学毕业文凭放到书桌的抽屉里，再出来，老高已经替我雇好了到医院的车子。走过院子，看那垂落的夹竹桃，我默念着：

爸爸的花儿落了。

我已不再是小孩子。

母亲的秘密

林海音

母亲在 28 岁上便做了寡妇。当母亲赶去青岛办了丧事回来后，外祖母也从天津赶来，她见了母亲第一句话便说："收拾收拾，带了孩子回天津家里去住吧。"

母亲虽然痛哭着扑向外祖母的怀里，却摇着头说："不，我们就这么过着，只当他还没有回来。"

既然决定带我和弟弟留在北平，母亲仿佛是从一阵狂风中回来，风住了，拍拍身上的尘土。我们的生活，很快在她的节哀之下，恢复了正常。

晚上的灯下，我们并没有因为失去父亲而感到寂寞或空虚。

母亲没有变，碰到弟弟顽皮时，母亲还是那么斜起头，鼓着嘴，装出生气的样子对弟弟说："要是你爸爸在，一定会打手心的。"跟她以前常说"要是你爸爸回来，一定会打手心"时一模一样。

就这样，三年过去了。

三年后的一个春天，我们家里来了一位客人，普普通通，像其他的客人一样。母亲客气地、亲切地招待着他，这是母亲一向的性格，这种性格也是受往日父亲好客所影响的。更何况这位被我们称为"韩叔"的客人，本是父亲大学时代的同学，又是母亲中学时代的学长。有了这两重关系，韩叔跟我们也确实比别的客人更熟悉些。

他是从远方回来的，得悉父亲故去的消息，特地赶来探望我们。

不久，他调职到北平，我们有了更多的交往。

一个夏夜，燥热，我被钻进蚊帐的蚊虫所袭扰，醒来了。这时我听见了什么声音，揉开睡眼，隔着纱帐向外看去，我被那暗黄灯下的两个人影吓愣住了，我屏息着。

我看见母亲在抽泣，弯过手臂来搂着母亲的，是韩叔。母亲在抑制不住的哭声中，断断续续地说着："不，我有孩子，我不愿再……"

"是怕我待孩子不好吗?"是韩叔的声音。

过了一会儿，母亲停止了哭泣，她从韩叔的臂弯里躲出来："不，我想过许久了，你还是另外……"这次，母亲的话中没有哭音。

我说不出当时的心情——是恐惧?是厌恶?是忧伤?都有的。这是从来没有过的情绪，它使我久久不眠，我在孩提时代，第一次尝到失眠的痛苦。

我轻轻地转身向着墙，在恐惧、厌恶、忧伤的情绪交织下，静听母亲把韩叔送走，回来后脱衣、熄灯、上床、饮泣。最后我也在枕上留下一片潮湿，才不安地进入梦乡。

第二天早上我醒来时，看见对面床上的母亲竟意外地迟迟未起，她脸向里对我说："小荷，妈妈头疼，你从抽屉里拿钱带弟弟去买烧饼吃吧。"

我没有回答，在昨夜的那些复杂的心情上，仿佛又加了一层莫名的愤怒。

我记得那一整天上课我都没有注意听讲，我仔细研究母亲那夜的话，先是觉得很安心，过后又被一阵恐惧包围，我怕的是母亲有被韩叔夺去的危险。我虽知道韩叔是好人，可是仍有一种除了父亲以外，不应当有人闯进我们生活的感觉。

放学回家，我第一眼注意的是母亲的神情，她如往日一样照管我们，这使我的愤怒稍减。我虽未怒形于色，但心情却在不断地转变，忽喜、忽怒，忽忧、忽慰，如一锅滚开的水，冒着无数的水泡。

当日的心情是如此可怜可笑。

母亲和韩叔的事情，好像随时都有爆发的可能，这件心事常使我夜半在噩梦中惊醒。在黑暗中，我害怕地颤声喊着："妈——"听她在深睡中梦呓般地答应，才放心了。

其实，一切都是多虑的。我从母亲的行动、言语、神色中去搜寻可怕的证据，却从没有发现。就像从来没有发生过什么事情，母亲是如此宁静。

一直到两个月以后，韩叔离开北平，他被调回上海去了。再过半年，传来一个喜讯——韩叔要结婚了。母亲把那张粉红色的喜帖拿给我看，并且问我："小荷，咱们送什么礼物给韩叔呢？"

这时，一颗久被箍紧的心一下子松弛了，愉快和许久以来不原谅母亲的歉疚，两种突发的感觉糅在一起。我跑回房里，先抹去流下的泪水，然后拉开抽屉，拿出母亲给我们储蓄的银行存折，怀着复杂的感情，送到母亲的面前。

母亲对于我的举动莫名其妙，她接过存折，用怀疑的眼光看我。我快乐地说："妈，把存折上的钱全部取出来给韩叔买礼物吧。"

"傻孩子。"母亲也大笑，她用柔软的手捏捏我的嘴巴。她不会了解她的女儿啊。

这是 15 年前的往事了，从那以后，我们宁静地度过了许多年。

间或我们也听到一些关于韩叔的消息，我留神母亲的情态，她安详极了。

母亲的老朋友们都羡慕她有一对好儿女，唯有我自己知道，我们能够在完整无缺的母爱中成长，是靠了母亲曾经牺牲过一些什么才得到的。

婚礼和父亲

吴冠中

“洞房花烛夜，金榜题名时。”这是中国古代知识分子最高的奢望，我有幸品尝过这种欢乐。往事如烟，我和妻已是白头老伴，但当年婚礼中的父亲形象却永不消逝。

父亲是农村小学教员，兼种田，因子女众多，家庭生计艰难，考虑到田地少，子女长大分家后更无立锥之地，因此竭力设法让子女读书，将来出外谋生，免得留在家里没有活路。为了子女上学，他一生勤俭、节省到了极点，乡里人说他连尿也要憋回家尿在自家粪坑里。我是长子，最先实现他的意愿，努力读书，考进不要钱的师范学校，年年争得奖学金，靠考，一直到考取教育部在全国范围内的公费留学生，中了状元了！农村通信不便，当父亲得知消息时不知他和母亲是怎样的欣喜，而且，此后不久，又通知他我们将在南京结婚。

婚期前他赶到南京，内衣口袋里藏着一百块钱，口袋用针线缝住。他没有告诉我如何筹措到这笔“巨款”，无非是粜稻、卖猪、卖鸡蛋、向亲友借贷……其实我事先并未向他要钱，当他摸出那一叠厚厚的钞票，我似乎看到鲁迅《药》中的华老栓，一清早出门时又按一遍腰里硬硬的银子，赶去换人血馒头来为儿子治病。为了省钱，父亲是坐慢车到南京的，车又误点，抵我们宿舍已是深夜。未婚妻拿出饼干请他吃，我知道他的习惯是不肯吃的，但这回真的吃了，吃了一些，未婚妻又请他再吃，我想这是多余的客气，但他居然又吃了，这样几次推让，他确乎吃了不少。事后，我们才知他从早晨离家，搭轮船，换火车，一整天没舍得在路上吃饭，而我们自已因无开伙条件，只在大食堂搭伙，就未考虑到给他做点什么吃的。

我们的简单婚礼在励志社举行，因社内有老同学，费用给优惠，但没中餐，只是西餐，西餐就西餐吧。父亲生平第一次见西餐，我傍他坐，时刻照顾他。当服务员捧上一盘整条大鱼，轮流让客人各取所需，首先送到父亲面前，这当儿，正有人同我说话，未顾及父亲，他惊讶了，一面摇手：我吃不掉那么大鱼。我连忙用刀叉帮他分取一小块，他因不懂规矩感到难为情，其实，看他那土老头模样，别人早都谅解的。而我既中了状元，作为土老头的儿子，已毫无愧色。倒是回忆初到无锡城里上学时，真怕同学们讥笑父亲的土气。

在南京举行婚礼后，我们一同回到农村老家去，父亲连人家送的鲜花，虽已开始萎谢，也要带回家，并一路向不相识的旅客炫耀：这是在南京结婚人家送的。母亲和家人早在老家门前等候，我们一到便放起鞭炮来，引来众多围观的乡邻和孩子们，父亲似乎显得比平时高昂起来。妻初次到我这农村老家，名副其实的寒舍，我虽曾真实对她谈过我家的情况，但仍不免暗暗担心她的失望与不满。但意外地看到我们的临时新房刷得雪白明亮，处处很整洁，父亲和母亲为此曾付出多大劳动!

半个世纪流失了，老屋早已拆除，父亲的坟早淹没于荒草或庄稼丛中，他的儿女天各一方，有时会怀念他。他的孙子，孙子的孩子们不再知道他！乡里的孩子们也不再知道他。但，就是他，受吴氏宗祠的委托，在村里首创私立吴氏小学。最初的私立吴氏小学今天已发展成一千余师生规模的中心小学，我用他的名义在小学里设立了教学奖励基金，作为纪念，忘却的纪念或永远的纪念。

母　亲

吴冠中

人们将大地比作母亲，将祖国比作母亲，但毕竟每个人有自己的母亲。

我的母亲是大家闺秀，换句话说，出身于地主家庭。但她是文盲，缠过小脚，后来中途不缠了，于是她的脚半大不小，当时被称为改良脚。

富家女母亲却下嫁了穷后生，即我的父亲。其实我的父亲也识字不多，兼种地，但与只能干农活的乡里人比，他显得优越而能干，乡里人都称他先生。听母亲说，是我的外公，即她的父亲作主选定的女婿。我不知道外公，但外公抱过童年的我，说我的耳朵大，将来有出息。外公选穷女婿，看来他是一位开明人士，他的两个儿子，即我的舅舅，各分了大量田产，一个抽大烟，一个做生意，后来都破落了。

我对母亲的最早记忆是吃她的奶，我是长子，她特别偏爱，亲自喂奶喂到四岁多。以后她连续生孩子，自己没有了奶，只能找奶妈，我是她唯一自己喂奶的儿子，所以特别宠爱。宠爱而至偏爱，在弟妹群中我地位突出，但她毫不在乎弟妹们的不满或邻里的批评。她固执，一向自以为是，从不掩饰她自己的好恶，而且标榜自己的好恶。

母亲性子急，事事要求称心如意，因此经常挑剔父亲，发脾气。父亲特别节省，买布料什物总是刚刚够数，决不富余，母亲便骂他穷鬼，穷鬼。父亲说幸好她不识字，如识了字便了不得。但他们从来没动手打架，相安度日。我幼小的时候，父亲到无锡玉祁乡镇小学教书，只寒暑假回来，母亲独自操持家务，那时她三十来岁吧，现在想起来，她的青春是在寂寞中流逝了的，但没有一点绯闻。绯闻，在农村也时有所闻，母亲以她大家闺秀的出身对绯闻极鄙视。父亲刻苦老实，更谈不上拈花惹草，父母是一对诚信的苦夫妻，但没有显示爱情，他们志同道合为一群儿女作牛马。大约四五十岁吧，他们就不在一个房睡觉了，他们没有品尝过亚当夏娃的人生，他们像是月下老人试放的两只风筝。

母亲选的衣料总很好看，她善于搭配颜色。姑嫂妯娌们做新衣听她的主意，表姐们出嫁前住到我们家由母亲教绣花。她利用各色零碎毛线给我织过一件杂色的毛衣，织了拆，拆了织，经过无数次编织，终于织成了别致美观的毛衣，我的第一件毛衣就是她用尽心思的一种艺术制作。她确有审美天赋，她是文盲，却非美盲。父亲只求实效，不讲究好看不好看，他没有母亲那双审美的慧眼。

上帝给女人的惩罚集中到母亲一身：怀孕。她生过九个孩子，用土法打过二次胎，她的健康就这样被摧毁了。她长年卧病，不断服汤药，我经常帮忙解开一包包的中药，对那些死虫枯根之类的草药起先好玩，逐渐感到厌恶。后来医生要用童便，母亲便喝弟弟的尿。因为母亲的病，父亲便不再去无锡教书，他在家围起母亲的围裙洗菜、做饭、喂猪，当门外来人有事高叫“吴先生!”时，他匆促解下围裙以“先生”的身份出门见客。从高小开始我便在校寄宿，假日回家，母亲便要亲自起来给我做好吃的，倒似乎忘了她的病。有一次她到镇上看病，特意买了蛋糕送到我学校，不巧我们全班出外远足（旅游）了，她不放心交给收发室，带回家等我回家吃。初中到无锡上学，学期终了才能回家，她用炒熟的糯米粉装在大布口袋里，教我每次冲开水加糖当点心吃，其时我正青春发育，经常感到饥饿。

父亲说他的脑袋一碰上枕头便立即入睡，但母亲经常失眠，她诉说失眠之苦，我们全家都不体会。她头痛，总在太阳穴贴着黑色圆形的膏药，很难看，虽这模样了，她洗衣服时仍要求洗得非常非常干净。因离河岸近，洗任何小物件她都要到河里漂得清清爽爽。家家安置一个水缸，到河里担水倒入水缸作为家用水。暑假回家，我看父亲太苦，便偷着替他到河里担水，母亲见了大叫："啊哟哟！快放下扁担，别让人笑话！"我说没关系，但她哭了，我只好放下扁担。

巨大的灾难降临到母亲头上。日军侵华，抗战开始。日军的刺刀并没有吓晕母亲，致命的，是她失去了儿子。我随杭州艺专内迁，经江西、湖南、贵州、云南至重庆，家乡沦陷，从此断了音信。母亲急坏了，她认为我必死无疑，她曾几次要投河、上吊，儿子已死，她不活了。别人劝，无效，后来有人说，如冠中日后回来，你已死，将急死冠中。这一简单的道理，解开了农村妇女一个扣死的情结。她于是苦等，不再寻死，她完全会像王宝钏那样等 18 年寒窑。她等了 10 年，我真的回到了她的身边，并且带回了未婚妻，她比塞翁享受了更大的欢欣。

接着，教育部公费留学考试发榜，我被录取了，真是天大的喜讯，父亲将发榜的报纸天天带在身上，遇见识字的人便拿出来炫耀。母亲说，这是靠她陆家（她名陆培芽）的福分，凭父亲那穷鬼家族决生不出这样有出息的儿子来。我到南京参加教育部办的留学生出国前讲习会，期间，乡下佬父亲和母亲特意到南京看我，他们风光了。那时我正闹胃病，兴高采烈的母亲见到我脸色发黄，便大惊失色：全南京城里没有这么黄的脸色！她几乎哭了，叫我买白金（麦精）、鱼肝油吃，当时正流行鱼肝油，她也居然听说了。

山誓海盟的爱情，我于临出国前几个月结了婚，妻怀孕了。我漂洋过海，妻便住到我的老家。她是母亲眼中的公主，说这个媳妇真漂亮，到任何场合都比不掉了（意思是总是第一）。母亲不让妻下厨作羹汤，小姑们对她十分亲热，不称嫂子，称琴姐。不远的镇上医院有妇产科，但母亲坚决要陪妻赶去常州县医院分娩，因这样，坐轮船多次往返折腾，胎位移动不正了，结果分娩时全身麻醉动了大手术，这时父亲才敢怨母亲的主观武断。小孙子的出生令母亲得意忘形，她说果然是个男孩，如是丫头，赶到常州去生个丫头，太丢面子，会被全村笑话。她尤其兴奋的是孩子同我初生时一模一样。

3 年，粗茶淡饭的 3 年，兵荒马乱的 3 年（解放战争），但对母亲却是最幸福的3 年，她日日守着专宠的儿媳和掌上明珠的孙子。别人背后说她对待儿孙太偏心，她是满不在乎的，只感到家里太穷，对不住湖南来的媳妇。她平时爱与人聊天，嗓门越说越高，自己不能控制。她同父亲吵架也是她的嗓门压过父亲的，但这 3 年里却一次也未同父亲吵架，她怕在新媳妇面前丢面子。妻看得明明白白，她对全家人很谦让，彼此相处一直很和谐，大家生活在美好的希望中，希望有一日，我能归来。

我回来了，偕妻儿定居北京，生活条件并不好，工作中更多苦恼，但很快便将母亲接到北京同住。陪她参观了故宫、北海、颐和园……她回乡后对人讲北京时，最得意的便是皇帝家里都去过了。她住不惯北京，黄沙弥漫，大杂院里用水不便，无法洗澡，我和妻又日日奔忙工作，她看不下去，决定回到僻静的老家，她离不开家门前的那条小河，她长年饮这条小河的水，将一切污垢洗涤在这条小河里。她曾第二次来过北京，还将我第二个孩子带回故乡找奶妈，皇帝的家已看过，她不留恋北京。

苦难的岁月折磨我们，我们几乎失落了关怀母亲的间隙和心情，我只在每次下江南时探望一次比一次老迈的母亲。儿不嫌娘丑，更确切地说是儿不辨娘是美是丑，在娘的怀里，看不清娘的面目。我的母亲有一双乌黑明亮的眼睛，人人夸奖，但晚年白内障几近失明，乡人说她仍摸索着到河边洗东西，令人担心。我的妹妹接她到镇江动了手术，使她重见天地，延续了生命。父亲早已逝世，年过80的母亲飘着白发蹒跚地走在小道上，我似乎看到了电影中的祥林嫂，而她的未被狼吃掉的阿毛并未能慰藉她的残年。

梦里依稀慈母泪

秦　牧

有一位我所敬爱的长者——杜国庠同志（哲学家，曾任中国科学院广东分院院长），生前曾经这样对我说过："母亲是最值得怀念的。一个人能够长大，一般来说，主要靠母亲。母亲们含辛茹苦，在养育孩子上的功劳，是一般做父亲的难以比拟的。"他这番话，我很有同感。我还记得杜老早年用过的一个笔名，就叫做"念慈"。

大概也就是由于这样的缘故吧！世间人们所写的怀念母亲的文章，比怀念父亲的要多得多。有时，我也很想写一篇。但人的感情是很奇特的，对于太熟悉，太亲切的人，提起笔来，思潮如涌，有时反而有一种“欲说还休”的感情。我经常怀念我的母亲，但是多年来却始终没有写成什么文章。

最近，因为有所感触的缘故，终于下决心要写一篇了。

我的父亲原本是乡间的一个裁缝，后来飘洋过海，浪迹南洋各地，当了资方代理人，成为新加坡一间米行的经理；但是最后又破了产，摒挡回国。在他比较有钱的时候，他娶了三个妻子（按照旧的传统说法，是一妻二妾），我的生母和三母，都是“妾”。她们两人有一些相同的命运，小时候都当过婢女，长大了都做“妾”。

在旧社会生活过，或者读过《红楼梦》之类小说的人，都知道婢女、丫头（在广东又有“赤脚”、“妹仔”之类的别称）是怎么一回事。旧时代，贫苦人家（大抵是农民，自然也有少量城市贫民），在穷得无以为生的时候，就把女儿卖给大户人家当婢女。如果是在哀鸿遍野的旱涝凶年，有些地方还会出现“人市”，成群女孩子被插上“草标”，作为贩卖的标志。平常年景，贩卖就是零星地进行的了。每当一户农家穷得生活不下去的时候。“中人”就上门了，把他们的十岁左右的女孩子带给大户人家看看，那些地主绅商们的女眷就出来评头品足。凡是相貌标致的，身体健壮的，价钱就多一点。因为等到这些婢女长大的时候，转卖出手时价钱也可以相应高些。凡是相貌差的，身体弱的，脸上受过伤，“破了相”的，或者“流年八字”不好的，价钱就给压低了。被卖的女孩子一过门以后，往往就给改了名字，什么春兰、夏莲、秋桂、冬梅之类就是。有些穷家女孩子被卖断以后，父母要来探视她们都很困难。有的大户人家根本不让进门。有的穷父母三两年来一趟，还得拿红桌裙围着身子，才算“辟了邪”，准许走进“花巷”（就是从侧门进去的地方）和女儿短暂聚一聚。好些婢女的卖身契，还有写着“凭中说合，一卖千休”、“倘有落水夭亡，各安天命”的。婢女买卖，实际上可以说是古老的奴隶制社会的残余。

我的生母叫做吴琼英，三母叫做余瑞瑜。这自然都是后来起的名字，她们做丫头时的名字，生母叫做“莲香”，三母叫做“绿霞”。因此，我从小听到的关于丫头生活的故事特别多，她们告诉我，有些丫头被养主鞭打，每天早上到河边洗衣的时候，常常各自揭开衣袖裤管，彼此出示伤痕。有的丫头由于吃不饱，竟偷生米，捉盐蛇吃。有的丫头晚上给“老奶奶”“少奶奶”捶腰的时候，由于太疲倦了，打着磕睡，竟给那些老奶奶、少奶奶一脚踢下床来。我的三母亲告诉我，有一户人家，一个少爷为了寻开心，晚上特意支使一个丫头上镇买东西，他自已则扮神扮鬼，装成活无常的样子，头上戴着高帽，脖子上挂着冥镪，还画黑了脸，躲在暗处，当丫头走进暗巷的时候，他大喝一声闯了出来，竟把那个丫头吓得瘫倒在地，最后不治身死。

但是，我的这两个母亲很少谈及自己的婢女生涯。上面提到的那些事情，大抵是她们的同伴或者附近人家的。不过，她们自己的生涯，不待说，也是相当凄苦的。

读者们大概会这样想：我在这里记叙的主要是我的生母的事迹，但实际不然，我虽则也会谈谈我的生母，但主要部分却是谈我的三母。她给我的印象，比生母给我的还要深。

我的这两位母亲，由于少年时代都曾经度过艰难竭蹶的生活，长成后健康都很差。我的生身母亲吴琼英患有肺病，在我八九岁的时候就逝世了。她生前，对待儿女十分严格，操持家务井井有条。她常常把少年时代的悲苦生活告诉我们兄弟姊妹，要我们立志向上，同情穷人。她长期受疾病的折磨，曾有一个夜里企图悬梁自尽，解除痛苦，被我的弟弟发现，弟弟号叫起来，全家人都惊醒了，她这才被父亲从绳套里救了下来。但是不久她就因病重逝世了。我们兄弟姊妹围着她的遗体哭泣，她的眼角竟然渗出了泪水，这事情给我们的印象当然非常深刻。当时我完全不能理解这是什么原因，到了长大以后，我才知道人刚刚死亡的时候，并不是全身的器官同时死亡的，有的器官还保持着一定的机能，所以一个人刚咽气的时候，并非任何器官对外界的影响都毫无反应。

生身的母亲死后，三母亲就从乡间远涉重洋前来照顾我们了（原本和大母亲一同住在乡下）。前此，我的生母在世的时候，她也曾经到新加坡来小住过，相处也还融洽，我们都认识她。按当时的习俗，我们叫她“三姐”。因为照封建社会的规矩，儿女们对父亲的妾侍，丫头出身的母亲只称为“姐”（生母例外）。这规矩，到了多年以后，我们才不管三七二十一，把它破除了，改口称她为“三姨”。但是，直到如今，我的叔伯兄弟提起她时仍然称呼为“三姐”，这样的称呼使我异常厌恶。似乎一个女人只要是丫头出身的，一辈子都要低人三分。封建习俗的残余在中国的确是相当严重的。

三姨自己没有生儿育女，而我的生母却养下了七个男女。当她来到新加坡我们这个海外的家，照料我们的时候，她才三十多岁，照现在的标准来说，还是个“女青年”呢！但是她已经要挑起教养七个不是自己所生的孩子的责任了。

她的身子一直都很瘦弱，体重从来没有超过一百斤。

而且，她又有昏眩病，每当发作起来，就脸色铁青，咬紧牙关，不省人事。要旁人撬开她的嘴巴，灌下药去，才逐渐苏醒。但是在她能够下床走动的时候，就总是很勤劳地操持家务。她，一个婢女出身的人，当然没有受过什么学校以至私塾的教育，然而依靠自己随处留心，居然也认识一些字，可以看懂普遍的书信和便条，只是不能书写而已。

我小的时候异常顽皮，是兄弟姊妹中受父母惩罚最多的一个。在学校被老师打，回到家里被父母打，因此常常遍体鳞伤，鞭痕像大蚯蚓似地遍布在小腿大腿上。这些鞭痕，有些是三姨给我的，但是她打我厉害的程度，并没有超过我的生身母亲。由于我比较倔强和调皮的缘故，有时她打我，我也打她，（那时我大概十岁的样子）两个人像走马灯团团转地扭打着。照一般人的看法，这样的非亲生的母子关系，以后发展下去一定很糟糕了。但是事实不然，到我长大以后，我们母子关系是相当好的原因是：三姨既有严格的一面，也有慈爱的一面。例如，当事过境迁以后，她有时就噙着泪水给我的伤口涂药。既使是小孩子，对于大人的善意或者恶意，也是常常有很好的判断力的。在当时，她可能认为“打”是最好的教育方法之一了。

在这么一个家庭里，管这么一大群孩子，真不是一件简单的事。我的大哥患肺病，常常需要煎药照料。我的小妹妹由于是在我母亲病重时产下的，先天不足，孱弱爱哭，三姨在她身上特别花费了巨大的心力。我的小妹妹后来和她的感情极好。

我的父亲是一个豪迈好学的商人，足迹踏遍南洋各地。到过好些国家，很爱读书。但是他酗酒成性，每当酒醉后回家，常常大吵大闹。有时也对三姨乱发脾气，这样的场面出现了多次。在这种场合，我们总是把同情放在三姨一边。一个人在小时候的境遇，对他以后一生的发展的确很有关系，由于对父亲酗酒的反感，我长大以后，竟成为一个不会喝酒的人，一杯白酒就足以使我醉倒。

当父亲破了产之后，我们的日子就很不好过了。不久他摒挡一切回国，除大哥在一间酒店工作，大姊已经出嫁，留在新加坡外，我们都被带回“唐山”乡下。这时我们家境大不如前，我念书的学费，有的是三姨拿出她的私蓄来供应的。事情隔了几十年，有些场面我还记得很清楚，那就是：每当夜读时，她拭亮了灯筒，为我点火的场面；我上床之后，她用蚊灯细细照蚊子的场面；以及她从柜子里取出一些小小的金饰，瘦弱的手拿着厘秤，称着重量，给我作为学费的情景。

那时我们的家境很困难，她拿出这些仅有的微小金饰，是大不容易的。她常常织网换取微薄的收入，补充生活。织网所得异常微小，大概是一千网眼才三两个铜板吧。网店在这宗生意上进行了惊人的剥削。夜里，每当我在灯下读书的时候，听到三姨一针一针织网的声音，常有一种心碎的感情。

有一次，我患上严重的皮肤病，手上、腿上，生了许多疥疮。三姨耐心地为我洗涤、涂药。那时，我虽然只是十三四岁的少年，也很过意不去。心想“将来我长大了，一定要很好报答她。”

少年时代的心愿，到我长大以后，总算在若干程度上实现了。抗战期间颠沛流离，经常穷困不堪，和家乡的通讯联系也断绝了，那段时间除外；抗战胜利以后，我几乎有三十年的时间，每月拿到工资，第一件事就是给三姨汇寄生活费，并曾专程好几次回家探望她。一九七一年那一次，十年动乱期间，我在九死一生之后，回乡看她。离别时我在巷里走了几十步，看到她不在大门旁，又折回家里看她一次，见到她为伤别之情所折磨，哭倒在床上。我想到这可能是最后一面，平时极少哭泣的我，眼眶也发热了。过了几年，她终于逝世，我为此悒悒郁郁地过了好些日子。

三姨给我的印象，比生母给我的还要深得多。解放前，她知道我和革命生活多少有些关系，并没有阻拦我，只是叮嘱我要小心而已。

“精诚所至，金石为开。”不是亲生，也可以建立起真挚的母子之情的。

我们这一家，也是一个例子。

现在，和睦亲爱的家庭很多。但是，吵吵闹闹，几无宁日的家庭也不是很少。有些人对于同处一个家庭的非亲生孩子，即配偶以前和别人所生的子女，一点爱心都没有，以至于水火不能相容。有些人对于继母继父，也视同仇敌。更有些人，被极端个人主义所支配和腐蚀，连对自己的生身父母，也冷冷淡淡，甚至横加虐待。每当看到这些事情时，我就感触很多，甚至十分愤慨。我写出上面这些事情，不仅是抒发我个人缅念三姨之情。同时，也想让人们知道，不是血缘关系的父母和子女之间，也是可以建立起深厚的感情的。

爱是生活中的暖流，我们的生活不能缺乏爱。但是一个人要得到别人真正的爱，首先要懂得怎样去爱人。社会主义的精神文明，比这个又有更高更高的要求了。

母　亲

曾　卓

当我为了练练笔，立意写几篇往事回忆的时候，想到的第一个题目是：《母亲》。在同样的题目下，我已经先后写过两首较长的诗，一次是在一九四一年，一次是在一九四五年。但我还是想再写下一点什么。回顾幼年的生活，母亲当然是常萦绕在我心间的一个人。母亲去世已经整整三十年了。这三十年来，特别是近二十年中，我的生活充满了变幻和波折，我也常在不同的情景中想起她。——好多年了，我不大写什么，近几年来甚至完全抛开了笔，因而受到了亲近的人的不满和指责。这一次想写几篇往事的回忆，是对于关心我的人的一种回报，而在我自己，这也是艰难地再探步的尝试。那么，让我把首篇奉献给母亲吧。

在题名《母亲》的第二首诗的开头，我说过：我的母亲，是一个没有名字的女人。

> 坐在阴暗的小窗前的
> 中国的可怜的母亲们
> 是没有名字的。
> ……

我的确不知道母亲的名字。我问过我的长辈们，他们也都不知道。父亲是应该知道的，如果母亲真的有名字的话。但我没有好问他。在过去的苦难的中国，在重重压迫下的广大的劳动妇女们，名字对她们也是奢侈品。她们还未成年时，大都叫什么妹、什么娃，或大丫头、二丫头之类，这不过是为了呼唤。当她们嫁出去以后，就变成了“孩子他娘”，在某种比较正规的情况下，就是××氏。如果她们有一个名字，也很难用上，等于没有。我的母亲，是这样广大的妇女中的一个。

我也不清楚母亲在来我们家之前的生活。只听说她是出生于一个贫苦的农民家庭，大概父母很早就去世了。由“媒妁之言”嫁到我们家里，那时还不到二十岁。

我的祖父原也是乡下的贫农，因为天灾人祸，实在生活不下去，逃荒到汉口来，做过苦力，当过菜贩，摆过烟摊，后来家境稍好一些了，开了一家小小的百货店，也不算是怎么宽裕。所以三个儿子中，只有我父亲（他是长子）得到了在正规学校里读书的机会。由于他勤奋用功，在祖母的支持下，一直读到了大学。另外两个儿子就只不过在私塾混了几年。母亲嫁过来的时候，父亲是大学生。那正是“五四”运动时期，像当时的许多青年学生一样，父亲是受到了时代潮流的影响的，对于这种包办的婚姻，当然不会满意，母亲受到了冷淡、鄙夷，她当然也不会感到幸福。但她默默地承担起她的命运。后来，大约当我四岁的时候，父亲遗弃了我的母亲，离家出走了。这对于母亲是致命的一击。她也还是只能默默地承担起她的命运。她还年轻，不到二十五岁，带着流血的心，低着头站在阴暗的漫漫的岁月面前……

父亲另外成了家，也住在汉口。母亲带着我跟随祖父祖母生活，一直到死，母亲再也没有和父亲见过面。我的庶母有时倒来看看祖父祖母。母亲对她是亲切的。庶母不久就生了一个女孩，她后来有了一个职业，就将女孩送过来由母亲抚育。母亲接受了，而且对女孩异常慈爱，如同自已的孩子。我的三婶（她和母亲感情最好）感到很不平，我好几次听到她埋怨母亲说：“你这是为什么呵，还为她带小孩?！你怕她还不享福！”母亲总是即刻打断她的话：“莫这样说……”接着就凄凉地笑笑。

由于父亲的出走，祖父祖母对母亲有一种歉疚的心情，对待她比对待另外两个婶娘要照顾些。家里的别的人，对母亲也是尊重的。母亲意识到自己的处境，而她是极好强的，一言一行都非常注意。除了和两个婶娘外，在人前很少说话。在我的记忆中，她几乎很少走出大门，我不记得她进过戏院和电影院。她和两个婶娘轮流做饭，洗衣，或是低着头静静地坐在窗前做针线。窗外是大街，喧腾着市声。在这个繁嚣的大城市中，她的天地只是污黑的厨房和破旧的小楼。她唯一的消遣就是一字一字地低声地念着质地恶劣的石印的《珍珠塔》一类的弹词书。——母亲没有上过学，不知道是在怎样的情况下，依靠自学，能够认识一点字。那些古老的悲欢离合的故事显然深深地感动了她，有时候，我听到她低低地哼唱了起来，声调是那样地悲凉。

当我七、八岁时，已经略略地知事，三婶娘和别的人，又不时在我面前责难我父亲，这使我同情母亲，而对父亲有着反感。有时在三婶或别的人半开玩笑的鼓动下，我就说出一些对父亲不敬的话，如果母亲听到了，她总是用眼神或一个手势阻止我，事后就背着人责备我：“这些话是你能说的?！你……”她的声音梗塞了。

当我不用心做功课时，母亲常常说到父亲过去是怎样勤奋地读书，深夜还坐在灯前。有一次，我匆匆地跑进房里，母亲正坐在打开的箱前收拾着衣物。她手里拿着一张照片，当她发觉我跑近时，急忙地将照片塞进了箱底，但我已看到了那照片是父亲的。——那么，即使在那样的处境中间，或者，正由于是在那样的处境中间，母亲对父亲也还是有着感情，有着怀念……

母亲还有一个姐姐，年龄比她大不了两三岁。她的婚姻也是不幸的，她的丈夫是农村的一个破落地主吧，不劳动，吃、喝、嫖、赌样样都来，而且常常虐待她。

我的姨母往往穷困得无法开锅。她有时就投奔到我家来，小住几天。母亲和她见面，两人都异常欢喜和亲热。姨妈、母亲和我都挤睡在一张大床上。一个深夜，我醒来，听到她们在各自诉说着自己的遭遇。这一对不幸的姐妹都在呜咽着，而又相互安慰。

我紧闭着眼，不敢动弹，唯恐她们知道我是醒着。我已不记得她们说了一些什么，但我将永远不能忘记她们的谈话在我幼小的心灵上所留下的对于人世的凄凉而沉重的感觉。姨妈常常拉着我的手，轻言细语地叮咛：“冠，你要好好读书呵。你妈就只有指望你，你要替你妈争一口气呵。

冠，你将来做了大事，我做姨妈的也光彩啊……”

我总是默默地点着头，而且暗地立誓要在将来做“大事”，为母亲，也为姨妈。姨妈终于要回乡下去了，两姐妹都恋恋不舍，母亲从箱底掏出一个小纸包，我知道那是母亲积存下来的几块银元，她塞到姨妈手里。姨妈很不安地推辞着说：“你也难。”

母亲说：“我有吃有穿，你比我要难得多……”于是她俩都低声地哭了起来，我站在一旁也忍不住自己的眼泪。

像那些在悲惨的命运前感到痛苦、绝望的妇女一样，母亲是信佛的，从宗教里面去寻找对自己不幸的解释，而且寻求慰藉和渺茫的希望。母亲在阴历的初一、十五和春节期间，都吃斋。对于穷苦的人们，只要做得到，她从不吝啬一点帮助。她这样做，不能简单地解释为“修来生”。这里有一颗善良的心在跳动：正因为自己的不幸，因而同情别人的不幸。

我当然是母亲唯一的安慰和希望。我四岁时，一个春天的黄昏，跑着穿越马路，被一辆急驶来的汽车撞倒，卷入了车下。坐在路旁乘凉的人很多，掀起了一阵惊呼声。母亲正在厨房里，一听到这消息就昏倒了。那次我侥幸只受了一点外伤。但母亲从那以后就容易心悸、惊惶，精神上的创伤久久不能平复。当我在病中，特别容易感受到母亲对我的温暖的爱抚。但平时，母亲对我的爱往往是无言的，有时甚至是以严厉的形式表现出来。我少年时是贪玩、顽皮的，有时母亲忍不住责打我。但往往流泪的不是倔强的我，而是母亲自己。母亲常常含泪说：“娘是苦命人，只指望你成人争一口气，而你……。”母亲的眼泪比她的责打更能触动我的心，我仍倔强地沉默着，但对母亲的怜爱，对自己过失的自责，由于伤了母亲的心而引起的愧疚，这种种感情从我的心中升腾起来，我真想扑在母亲怀里大哭一场。但也许我在幼小时就“不堪改造”吧，我的种种过失总还是一犯再犯。母亲还常以“甘罗十二岁为丞相”一类的故事和“吃得苦中苦，方为人上人”一类的古训教育我。读小学五年级时，我在一家报社的儿童副刊上登了两篇稿件，得到了一个烧有我的名字的小茶壶做为奖品；读初中时，我被学校选派参加全市讲演比赛，得了第一名，奖品是一支带有黑色剑鞘的七星剑。那个小茶壶被祖父常常捧在手中，而那支七星剑则由母亲悬挂在床头。当我将那两件奖品拿回家时，母亲没有说什么，只是微笑地看着，而她眼中有着泪光闪耀。可以想象，在母亲喜悦的泪光中，是浮现着我的灿烂的前程，是梦想着有一天我真能成为“人上人”，同时也为她带来一个幸福的暮年。

在我幼小的心灵上，是深爱着母亲，朦胧地意识到母亲的不幸和屈辱，这使我在有人谈到母亲时特别敏感、易怒。有一次，当我十一岁时，为什么事和一个比我大两、三岁的少年争闹了起来。他鄙夷地说：“你爸爸不要你妈妈啵！”我奋力打了他一耳光，接着就拚命地和他扭打起来，闻声而来的大人们费了好大的劲将我们拉开了。我带着流血的嘴唇和被扯破的上衣回到家去。这场生死的决斗就发生在我家后门口不远，母亲立即知道了。我一拉开门，她正在门边守候着。她的脸色苍白，一言不发。我也咬着嘴唇沉默着。母亲俯下身来查看我的伤口，通过她扶着我的肩的手，我感到她全身都在战栗……

我进入初中以后，使母亲失望的不仅是我依然还是那样贪玩，大部分时间都奔跑在小足球场上，而且，渐渐地又有一种新的阴影蒙上她的心头：那正是“一二·九”运动的前夕，由于几个高年级的同学的影响，我参加了一个读书会，接着又卷入了抗日救亡运动的浪潮中。学校当局向家长发出了警告。我的一些狂放的言论也使大人们惊骇。母亲为我很担心，她好多次劝说我，要我少和“坏人”来往，要我专心读书，都被我极不耐烦地用几句简短的话顶回去了；真是，怎么能跟你说得清楚呢，最好别管这些事。危险么？危险就是考验，爱国无罪！母亲往往只是深深叹一口气。有两次她似乎要发火了，但终于克制着自己：儿子已经是一个中学生，是不能随便责骂的。

一九三七年的春天，我的三个友人被捕了。那年暑假开始时，我接到了学校“默退”的通知单。我气愤，而又不安：怎么向家里，特别是向母亲交代呢？我知道，这会很伤她的心。通知单在我手中压了三、四天，母亲从我的神态中感觉到出了什么事，几次询问我。实在拖不下去了，我终于鼓起了勇气，将通知单拿给母亲看，准备接受责备，或者，更糟的是，母亲会大哭一场。但意外地，母亲反复地看了通知单后，只是自言自语地说：“那下学期怎么办呢?”她甚至连望都没有望我一眼。而且，那以后的一段日子里，她对我比平时更亲切，在生活上对我照顾得更细心。但我发觉，她是突然憔悴了，话更少了，而且常常在做活当中停歇下来，失神地想着什么。

那年秋季，我被祖父强迫送到几十里外的一个小镇上的中学去继续念书。离开武汉，离开我的友人们，离开家，离开母亲，这使我很难过。那时抗日战争已经爆发了，古老的中国显得年轻了起来。我所在的那个小镇也失去了往日的那种闲逸和沉寂，贴满了红红绿绿的标语，震荡着雄壮的歌声，小街上常常走过举着救亡团体旗帜的队伍……。我被弥漫在全国的那种巨大的热情所感染，所鼓舞，所振奋，卷入到了那浪潮中，兴奋地忙碌着。这虽是我初次离家，但很少有时间想到母亲。只是当我偶而回到武汉，因为可以很快就见到母亲而引起的喜悦总还是充满了我的心胸，快近家时，就不自觉地半跑起来。

战火逐渐地逼近了武汉，父亲一家已经迁到四川的一个小县里。为了让我能够继续求学，祖父决定让我到四川去找父亲。一九三八年的夏天，我初中毕业后，只身登上了西上的轮船。送我上船的是祖父。母亲一连几天忙着为我收拾行装，缝补衣服，反反复复地叮咛，要我好好听父亲的话，不要惹父亲生气，要我用功读书，也要我好好注意身体，千万不要和“坏人”来往……。她的神情显得凄伤、黯然，但没有眼泪。她为我将行李提下楼，和家人们一齐送我到门口，看我坐上人力车。

我走了好远后，回头看到她还站在门边。我的心情沉重、纷乱，但没有想到，绝没有想到，这就是永别……武汉沦陷的前夕，祖父祖母和母亲、叔婶们逃难到广西的一个小县里。我则去重庆念书。祖父每个月总要托人写一封信来，有时寄我一双布鞋或是一件毛线衣，我知道那是母亲亲手做的，一股暖流漫过我的心。有时还寄我一点钱，我知道逃难在异地，祖父维持一家的生活已经很艰难，我感到了那少数一点钱的重量。在每封信中，祖父总会谈到母亲的情况，说她很好，要我不要挂念。每次家信的到来，总是使我喜悦而又有点哀伤。但我很少及时复信，有时甚至两三个月不给家里一点消息。我正是在青春的激情中，我有许多友人；我有虽然穷困但是欢乐的生活；我有许多的事情要做：写诗、演戏、开会、办墙报……。我往往决定当晚要为家里写一封信，却又因为一点什么事情耽误了。

但我还是有时怀念母亲。一九四一年的秋天，我住在重庆近郊的乡间，在一个落着细雨的夜里，我写了一首题名《母亲》的诗，后来发表在和几个友人合编的诗刊《诗垦地》的第一辑上。现在我已经找不到这首诗稿了，但还大致记得那后面的两段：

母亲

只是因为深深地爱你，深深地爱着这一代

如你一样的

被时代的车轮轧伤了的母亲们，为了给你们带来幸福的暮年，为了后来的母亲们

不再有像你们一样悲惨的岁月，我，无数的你们的孩子，都在用如石工一样的手，一凿一锤地敲打着

通向光明自由世界的路

因而，我不能回到你的怀抱不能走上你希望我走的道路，不能戴上奴隶者的王冠而又将那光荣分给你，我不能呵

母亲

请信我

当祖国的大地挣断了几千年的锁链，当故乡的

林间

不再拴有敌人的战马，当你又跋涉着迢迢的路回到故居时

我一定要随着黎明的光去叩开故居的门

我一定要跪倒在你的脚前求你：即使是一点头的宽恕

……

一九四四年的冬季，日寇向湘、桂发动了一场攻势，国民党军队毫未进行抵抗就一泻千里地败退了。我接到信，知道祖父已带着母亲、叔婶等从广西逃了出来，计划到贵州找我父亲。我一面注意报纸上关于战局的报道，一面期待着祖父、母亲等的平安音讯。但是，一个星期过去了，十天、半个月都过去了，我没有得到一点消息，而关于湘桂撤退中的混乱、悲惨的情况却不时传来。一个多月以后，我才接到祖父的信，他们丢掉了一切衣物，一直步行逃难，在半途，和母亲、叔婶等失散了，祖父历尽千辛万苦到贵州毕节找到了父亲。他在信中问我母亲是不是到了重庆，或是不是接到母亲的信。

但我哪里知道母亲的消息呢？我非常焦虑，但一筹莫展。

后来，和母亲同行的叔婶等也到了父亲处。至于母亲的下落，他们是这样说的：

在途中，母亲就决定不去父亲家，而要到重庆找我。母亲的身体原来就虚弱，在兵荒马乱、饥寒交迫的情况下，她得了重病，但每天还是挣扎着和叔父、婶娘一同步行。几天以后，她终于支持不下去了，而当时又风传敌人即将到达。母亲不愿拖累叔父和婶娘，要他们先走。她摸出了一个金戒指要叔父带给我。母亲身边留下的唯一的东西就是我中学讲演得到的那件奖品：七星剑。她倚坐在一座破屋的墙边，扶着七星剑，望着叔父、婶娘等人在人群的洪流中渐渐走远。那地点，是在贵州都匀附近。

竟是这样的！

在异乡的土地上，没有一片遮蔽风雨的屋檐，身边没有一个亲人，甚至没有一张熟识的脸，眼前流过的是惊慌的逃难的人群，耳边响着的是凄惨的呼喊声，而敌人的铁蹄随时可到……。我不能想象孤独地倚坐在墙边、扶着儿子的一件纪念品的病危的母亲有着怎样的心情；我不能想象那以后母亲的遭遇。我的心沉重、悲痛，却又暗暗地期待着，也许，母亲有一天会突然出现在我面前……

一九四五年的春天，因为一点事，我短暂地停留在长江上游的一个小城里。八月十三号的晚上，传来了敌人无条件投降的消息。顷刻间，全城一片欢腾，到处是鞭炮声、欢呼声、锣鼓声，我怀着狂热的喜悦挤在人的洪流中走遍了全城。深夜，回到借住的友人家中，已经很疲累了，却毫无睡意。八年！血与火，斗争与牺牲。我想到祖国的前途，想到很多人，很多事，也想到母亲，呵，如果她还活着……。在激动的心情中，我开始动笔写第二首题名《母亲》的长诗。我想通过母亲的遭遇去暴露那个黑暗的旧社会，并寄托对光明的未来的追求。

后来，在一九四六年的春天，我回到了孕育了我的童年的故乡。我去看了已经成为废墟的故居的遗址，我在童年时嬉戏的大街上徘徊。对于过去，我引起了一些回忆，但无所留恋。

不久，一场新的战争又在这片国土上进行了。我的故乡也就是我的生死场。武汉解放前夕，每夜都实行戒严。我常在深夜，站在小楼的窗前，凝望着在幽暗中的大城：空阔的大街，暗淡的路灯，沉重的黑影，一片寂静。但有时走过一队荷枪实弹的士兵，有时传来一声尖厉的“口令!”的喊声，说明这座大城正在恐惧地战栗。

战争在百十里外进行，在这里，在表面的硬壳下面，地下火正在运行，燃烧……这座大城正急待毁灭也即将新生。我想到母亲，我想，这是她过去所不能理解，不敢想象，但终究应该是她所期待的。从小楼的窗口，我守望着故乡的土地，我感到母亲与我同在，在沉寂和黑暗中，渴望着霹雳的春雷和壮丽的黎明……现在，又过去了二十多年，我自己也是几个孩子的父亲了。没有想到又会写一篇有关母亲的文章。

在执笔时，一些久已淡忘的往事又涌上了心头。我哀悼着母亲，也追念着逝去的青春。我想，这将是我在文字上最后一次纪念母亲了。我决不应该仅只是回顾过去。

我还不是那样苍老，也并没有失去希望。无论怎样艰难，我是生活了过来；不管前程是怎样的坎坷，我将一步一步走去，一如生我育我，在我身上寄托过深爱热望的死者。那么，你将永远与我同在，母亲！

三松堂断忆

宗　璞

转眼间父亲离开我们已经快一年了。

去年这时，也是玉簪花开得满院雪白，我还计划在向阳的草地上铺出一小块砖地，以便把轮椅推上去，让父亲在浓重的树荫中得一小片阳光。因为父亲身体渐弱，忙于延医取药，竟没有来得及建设。9 月底，父亲进了医院，我在整天奔忙之余，还不时望一望那片草地，总不能想象老人再不能回来，回来享受我为他安排的一切。

哲学界人士和亲友们都认为父亲的一生总算圆满，学术成就和他从事的教育事业使他中年便享盛名，晚年又见到了时代的变化，生活上有女儿侍奉，诸事不用操心，能在哲学的清纯世界中自得其乐。而且，他的重要著作《中国哲学史新编》，八十岁才开始写，许多人担心他写不完，他居然写完了。他是拼着性命支撑着，他一定要写完这部书。

在父亲的最后几年里，经常住医院，八九年下半年起更为频繁。一次是 11 月 11 日午夜，父亲突然发作心绞痛，外子蔡仲德和两个年轻人一起，好不容易将他抬上救护车。他躺在担架上，我坐在旁边，数着脉搏。夜很静，车子一路尖叫着驶向医院。好在他的医疗待遇很好，每次住院都很顺利。一切安排妥当后，他的精神好了许多，我俯身为他掖好被角，正要离开时，他疲倦地用力说：“小女，你太累了！”“小女”这乳名几十年不曾有人叫了。“我不累”，我说，勉强忍住了眼泪。说不累是假的，然而比起担心和不安，劳累又算得了什么呢。

过了几天，父亲又一次不负我们的劳累和担心，平安回家了。我们笑说：“又是一次惊险镜头。”12 月初，他在家中度过九十四寿辰。也是他最后的寿辰。这一天，民盟中央的几位负责人丁石孙等先生前来看望，老人很高兴，谈起一些文艺杂感，还说，若能汇集成书，可题名为“余生札记”。

这余生太短促了。中国文化书院为他筹办了庆祝九五寿辰的“冯友兰哲学思想国际研讨会”，他没有来得及参加，但他知道了大家的关心。

九〇年初，父亲因眼前有幻象，又住医院。他常常喜欢自己背诵诗词，每住医院，总要反复吟哦《古诗十九首》。有记不清的字，便要我们查对。“青青陵上柏，磊磊涧中石。人生天地间，忽如远行客。”“浩浩阴阳移，年命如朝露。人生忽如寄，寿无金石固。”他在诗词的意境中似乎觉得十分安宁。一次医生来检查后，他忽然对我说：“庄子说过，生为附赘悬疣，死为决疣溃痈。孔子说过，朝闻道，夕死可矣。张横渠又说，生吾顺事，没吾宁也。我现在是事情没有做完，所以还要治病。等书写完了，再生病就不必治了。”我只能说：“那不行，哪有生病不治的呢！”父亲微笑不语。我走出病房，便落下泪来。坐在车上，更是泪如泉涌。一种没有人能分担的孤单沉重地压迫着我。我知道，分别是不可避免的。

我们希望他快点写完《新编》，可又怕他写完。在住医院的间隙中，他终于完成了这部书。亲友们都提醒他还有本《余生札记》呢。其实老人那时不只有文艺杂感，又还有新的思想，他的生命是和思想和哲学连在一起的。只是来不及了。他没有力气再支撑了。

人们常问父亲有什么遗言，他在最后几天有时念及远在异国的儿子钟辽和惟一的孙儿冯岱。他用力气说出的最后的关于哲学的话是："中国哲学将来要大放光彩！"他是这样爱中国、这样爱哲学。当时有李泽厚和陈来在侧，我觉得这句话应该用大字写出来。

然后，终于到了 11 月 26 日那凄冷的夜晚，父亲那永远在思索的头脑进入了永恒的休息。

作为父亲的女儿，而且是数十年都在他身边的女儿，在他晚年又身兼几大职务，秘书、管家兼门房，医生、护士带跑堂，照说对他应该有深入的了解，但是我无哲学头脑，只能从生活中窥其精神于万一。根据父亲的说法，哲学是对人类精神的反思，他自已就总是在思索，在考虑问题。因为过于专注，难免有些呆气。他晚年耳目失其聪明，自己形容自己是"呆若木鸡"。其实这些呆气早已有之。抗战初期，几位清华教授从长沙往昆明，途径镇南关，父亲手臂触城墙而骨折。金岳霖先生一次对我幽默地提起此事，他说："当时司机通知大家，不要把手放在窗外，要过城门了。别人都很快照办，只有你父亲听了这话，便考虑为什么不能放在窗外，放在窗外和不放在窗外的区别是什么，其普遍意义和特殊意义是什么。还没考虑完，已经骨折了。"这是形容父亲爱思索。他那时正是因为在思索，根本就没有听见司机的话。

他的生命就是不断地思索，不论遇到什么挫折，遭受多少批判，他仍顽强地思考，不放弃思考。不能创造体系，就自我批判，自我批判也是一种思考。而且在思考中总会冒出些新的想法来。他自我改造的愿望是真诚的，没有经历过二十世纪中叶的变迁和六七十年代的各种政治运动的人，是很难理解这种自我改造的愿望的。首先，一声“中国人民站起来了”促使了多少有智慧的人迈上走向炼狱的历程。其次，知识分子前冠以资产阶级，位置固定了，任务便是改造，又怎知自是之为是，自非之为非？第三，各种知识分子的处境也不尽相同，有居庙堂而一切看得较为明白，有处林下而只能凭报纸和传达，也只能信报纸和传达。其感受是不相同的。

幸亏有了新时期，人们知道还是自己的头脑最可信。父亲明确采取了不依傍他人，“修辞立其诚”的态度。我以为，这个诚字并不能与“伪”相对。需要提出“诚”，需要提倡说真话，这是我们这个时代的大悲哀。

我想历史会对每一个人作出公允的不带任何偏见的评价。历史不会忘记有些微贡献的每一个人，而评价每一个人时，也不要忘记历史。

父亲一生对物质生活的要求很低，他的头脑都让哲学占据了，没有空隙再来考虑诸般琐事。而且他总是为别人着想，尽量减少麻烦。一个人到九十五岁，没有一点怪癖，实在是奇迹。父亲曾说，他一生得力于三个女子，一位是他的母亲、我的祖母吴清芝太夫人，一位是我的母亲任载坤先生，还有一个便是我。1982 年，我随父亲访美，在机场上父亲作了一首打油诗："早岁读书赖慈母，中年事业有贤妻。晚来又得女儿孝，扶我云天万里飞。"确实得有人料理俗务，才能有纯粹的精神世界。近几年，每逢我的生日，父亲总要为我撰寿联。九〇年夏，他写最后一联，联云："鲁殿灵光，赖家有守护神，岂独文采传三世；文坛秀气，知手持生花笔，莫让新编代双城。"父亲对女儿总是看得过高。"双城"指的是我的长篇小说，第一卷《南渡记》出版后，因为没有时间，没有精力，便停顿了。我必须以《新编》为先，这是应该的，也是值得的。当然，我持家的能力很差，料理饮食尤其不能和母亲相比，有的朋友都惊讶我家饭食的粗糙。而父亲从没有挑剔，从没有不悦，总是兴致勃勃地进餐，无论做了什么，好吃不好吃，似乎都滋味无穷。这一方面因为他得天独厚，一直胃口好，常自嘲"还有当饭桶的资格"；另一方面，我完全能够体会，他是以为能做出饭来已经很不容易，再挑剔好坏，岂不让管饭的人为难。

父亲自奉俭，但不乏生活情趣。他并不永远是道貌岸然，也有豪情奔放、潇洒闲逸的时候，不过机会较少罢了。1926 年父亲三十一岁时，曾和杨振声、邓以蛰两先生，还有一位翻译李白诗的日本学者一起豪饮，四个人一晚喝去十二斤花雕。六十年代初，我因病常住家中，每于傍晚随父母到颐和园包坐大船，一元钱一小时，正好览尽落日的绮辉。一位当时的大学生若干年后告诉我说，那时他常常看见我们的船在彩霞中飘动，觉得真如神仙中人。我觉得父亲是有些仙气的，这仙气在于他一切看得很开。在他的心目中，人是与天地等同的。“人与天地参”，我不止一次听他讲解这句话。《三字经》说得浅显，“三才者，天地人”。既与天地同，还屑于去钻营什么！那些年，一些稍有办法的人都能把子女调回北京，而他，却只能让他最钟爱的幼子钟越长期留在医疗落后的黄土高原。1982 年，钟越终于为祖国的航空事业流尽了汗和血，献出了他的青春和生命。

父亲的呆气里有儒家的伟大精神，“天行健，君子以自强不息”，自强不息到“知其不可而为之”的地步；父亲的仙气里又有道家的豁达洒脱。秉此二气，他穿越了在苦难中奋斗的中国的二十世纪。他的一生便是二十世纪中国文化的一个篇章。

据河南家乡的亲友说，1945 年初祖母去世，父亲与叔父一同回老家奔丧，县长来拜望，告辞时父亲不送，而对一些身为老百姓的旧亲友，则一直送到大门，乡里传为美谈。从这里我想起和读者的关系。父亲很重视读者的来信，许多年常常回信。星期日上午的活动常常是写信。和山西一位农民读者本恒茂老人就保持了长期的通信，每索书必应之。后来我曾代他回复一些读者来信，尤其是对年轻人，我认为最该关心，也许几句话便能帮助发掘了不起的才能。但后来我们实在没有能力做了，只好听之任之。把人家的千言信万言书束之高阁，起初还感觉不安，时间一久，则连不安也没有了。

时间会抚慰一切，但是去年初冬深夜的景象总是历历如在目前。我想它是会伴随我进入坟墓的了。当晚，我们为父亲穿换衣服时，他的身体还那样柔软，就像平时那样配合。他好像随时会睁开眼睛说一声“中国哲学将来会大放光彩。”我等了片刻，似乎听到一声叹息。

不得不离开病房了。我们围跪在床前，忍不住痛哭失声！钟辽扶着我，可我觉得这样沉重的孤单！在这茫茫世界中，再无人需我侍奉，再无人叫我的乳名了。这么多年，每天清晨最先听到的，是从父亲卧房传来的咳嗽，每晚睡前必到他床前说几句话。我怎样能从多年的习惯中走得出来。

然而日子居然过去快一年了。只好对自己说，至少有一件事稍可安慰。父亲去时不知道我已抱病。他没有特别的牵挂，去得安心。

文章将尽，玉簪花也谢尽了。邻院中还有通红的串红和美人蕉，记得我曾说串红像是鞭炮，似乎马上会劈劈啪啪响起来。而生活里又有多少事值得它响呢！

花朝节的纪念

宗　璞

农历二月十二日，是百花出世的日子，为花朝节。节后十日，即农历二月二十二日，从 1894 年起，是先母任载坤先生的诞辰。

外祖父任芝铭公是光绪年间举人，早年为同盟会员，奔走革命，晚年倾向于马克思主义。他思想开明，主张女子不缠足，要识字。母亲在民国初年进当时的女子最高学府北京女子师范学校读书。1918 年毕业。同年，和我的父亲冯友兰先生在开封结婚。

家里有一个旧印章，刻着“叔明归于冯氏”几个字。叔明是母亲的字，以前看着不觉得怎样，父母都去世后，深深感到这印章的意义。它标志着一个家族的繁衍，一代又一代来到世上扮演各种角色，为社会做一点努力，留下了各种不同色彩的记忆。

在我们家里，母亲是至高无上的守护神。日常生活全是母亲料理。三餐茶饭，四季衣裳，孩子的教养，亲友的联系，需要多少精神！我自幼多病，常在和病魔作斗争。能够不断战胜疾病的主要原因是我有母亲。如果没有母亲，很难想象我会活下来。在昆明时严重贫血，上纪念周站着站着就晕倒。后来索性染上肺结核休学在家。当时的治法是一天吃五个鸡蛋，晒太阳半小时。母亲特地把我的床安排到有阳光的地方，不论多忙，这半小时必在我身边，一分钟不能少。我曾由于各种原因多次发高烧，除延医服药外，母亲费尽精神护理。用小匙喂水，用凉手巾覆在额上，有一次高烧昏迷中，觉得像是在一个狭窄的洞中穿行，挤不过去，我以为自己就要死了，一抓到母亲的手，立刻知道我是在家里，我是平安的。后来我经历名目繁多的手术，人赠雅号“挨千刀的”。在挨千刀的过程中，也是母亲，一次又一次陪我奔走医院，医院的人总以为是我陪母亲，其实是母亲陪我。我过了四十岁，还是觉得睡在母亲身边最心安。

母亲的爱护，许多细微曲折处是说不完、也无法全捕捉到的。也就是有这些细微曲折才形成一个家。这人家处处都是活的，每一寸墙壁，每一寸窗帘都是活的。小学时曾以“我的家庭”为题作文，我写出这样的警句：“一个家，没有母亲是不行的。母亲是春天，是太阳。至于有没有父亲，不很重要。”作业在开家长会时展览，父亲去看了。回来向母亲描述，对自己的地位似并不在意，以后也并不努力增加自己的重要性，只顾沉浸在他的哲学世界中。

希腊文明是在奴隶制时兴起的，原因是有了奴隶，可以让自由人充分开展精神活动。我常说父亲和母亲的分工有点像古希腊。在父母那时代，先生小心做学问，太太操劳家务，使无后顾之忧，是常见的。不过父母亲特别典型。他们真像一个人分成两半，一半主做学问，一半主理家事，左右合契，毫发无间。应该说，他们完成了上帝的愿望。

母亲对父亲的关心真是无微不至，父亲对母亲的依赖也是到了极点。我们的堂姑父张岱年先生说，“冯先生做学问的条件没有人比得上。冯先生一辈子没有买过菜”。细想起来，在昆明乡下时，有一阵子母亲身体不好，父亲带我们去赶过街子，不过次数有限。他的生活基本上是水来湿手，饭来张口。古人形容夫妇和谐用举案齐眉几个字，实际上就是孟光给梁鸿端饭吃，若问“是几时孟光接了梁鸿案”，应该是做好饭以后。

旧时有一付对联："自古庖厨君子远，从来中馈淑人宜"，放在我家正合适。母亲为一家人真操碎了心，在没有什么东西的情况下，变着法子让大家吃好。她向同院的外国邻居的厨师学烤面包，用土豆作引子，土豆发酵后力量很大，能"嘭"的一声，顶开瓶塞，声震屋瓦。在昆明时一次父亲患斑疹伤寒，这是当时西南联大一位校医郑大夫诊断出的病，治法是不吃饭，只喝流质，每小时一次，几天后改食半流质。母亲用里脊肉和猪肝做汤，自己擀面条，擀薄切细，下在汤里。有人见了说，就是吃冯太太做的饭，病也会好。

1964 年父亲患静脉血栓，在北京医院卧床两个月。母亲每天去送饭，有时从城里我的住处，有时从北大，都总是第一个到。我想要帮忙，却没有母亲的手艺，父亲暮年，常想吃手擀的面，我学做过几次，总不成功，也就不想努力了。

母亲把一切都给了这个家。其实母亲的才能绝不只限于持家。母亲毕业于当时的女子最高学府，曾任河南女子师范学校预科算术教员。她有一双外科医生的巧手，还有很高的办事能力。外科医生的工作没有实践过，但从日常生活中，从母亲缝补、修理的功夫可以想见。办事能力倒是有一些发挥。

50 年代初至 1966 年，母亲做居民委员会工作，任北大燕南、燕东、燕农、镜春、朗润、蔚秀、承泽、中关八大园的主任。曾为家庭妇女们办起装订社、缝纫社等。母亲不畏辛劳，经常坐着三轮车来往于八大园间。这是在家庭以外为社会服务，她觉得很神圣，总是全心全意去做。居委会成员常在我家学习。最初贺麟夫人刘自芳、何其芳夫人牟决鸣等都是成员。后来她们迁往城内，又有吴组缃夫人沈淑园等参加。50 年代有一次选举区人民代表，不记得是哪一位曾对我说，“任大姐呼声最高”。这是真正来自居民的声音。

我心中有几幅图像，愈久愈清晰。

一幅在清华园乙所，有一间平台加出的房间，三面皆窗，称为玻璃房。母亲常在其中办事或休息。一个夏日，三面窗台上摆着好几个宽口瓶和小水盆，记得种的是慈姑。母亲那时大概不到四十岁，身着银灰色起蓝花的纱衫，坐在房中，鬓发漆黑，肌肤雪白。常见外国油画有什么什么夫人肖像，总想怎么没有人给母亲画一幅。

另一幅在昆明乡下龙头村。静静的下午，泥屋、白木桌、携我坐在桌前，为我讲解鸡兔同笼四则题。父亲从城里回来，点说这是一幅乡居课女图。龙头村旁小河弯处有一个小落差，水的冲力很大。每星期总有一两次，母亲把一家人的衣服装在箩筐里，带着我和小弟到河边去。还有一幅图像便是母亲弯着腰站在欢快的流水中，费力地洗衣服，还要看着我们不要跑远，不要跌进河里。近来和人说到洗衣的事，一个年轻人问，是给别人洗吗？还没到那一步，我答。后来想，如果真的需要，母亲也不怕。在中国妇女贤淑的性格中，往往有极刚强的一面，能使丈夫不气馁，能使儿女肯学好，能支撑一个家度过最艰难的岁月。孔夫子以为女人难缠，其实儒家人格的最高标准“富贵不能淫，贫贱不能移，威武不能屈”，用来形容中国妇女的优秀品质倒很恰当，不过她们是以家庭为中心罢了。

母亲六十二岁时患甲状腺癌，手术后一直很好。从60年代末患胆结石，经常大发作，疼痛，发烧，最后不得不手术。那一年母亲七十五岁。夜里推进手术室，父亲和我在过厅里等，很久很久，看见手术室甬道那边推出一辆平车，一个护士举着输液瓶，就像一盏灯。我们知道母亲平安，仍能像灯一样给我们全家以光明，以温暖。这便是那第四幅图像了。握住母亲的手时，我的一颗心落在腔子里，觉得自己很有福气。

母亲虽然身体不好，仍是操劳家务，真没有过一天清闲的日子。她总是说，你们专心做你们的事。我们能专心做事，都因为有母亲，操劳一生的母亲！

1977 年 9 月 10 日左右母亲忽然吐血，拍片后确诊为肺门静脉瘤。当时小弟在家，我们商量说，母亲虽然年迈，病还是该怎么治就怎么治，不可延误。在奔走医院的过程中，受到许多白眼。一家医院住院部一位女士说，“都 83 岁了，还治什么！我还活不到这岁数呢。”可以说，母亲的病没有得到治疗，发展很快。最后在校医院用杜冷丁控制疼痛，人常在昏迷状态。一次忽然说：“要挤水！要挤水！”我俯身问什么要挤水，母亲睁眼看我，费力地说，“白菜做馅要挤水。”我的眼泪一下涌了出来，滴在母亲脸上。

母亲没有让人多伺候，不过三周便抛弃了我们。当时父亲还在受审查，她走时很不放心，非常想看个究竟，但她拗不过生死大限。她曾自我排解说，知道儿女是好的，还有什么别的可求呢。10 月 3 日上午六时三刻，我们围在母亲床前，眼见她永远阖上了眼睛。我知道，我再不能睡在母亲身边讨得那样深的平安感了；我们的家从此再没有春天和太阳了。我们的家像一叶孤舟忽然失了掌舵的人，在茫茫大海中任意漂流。我和小弟连同父亲，都像孤儿一样不知漂向何方。

因为政治形势，亲友都很少来往。没有足够的人抬母亲下楼，幸亏那天来了一位年轻的朋友，才把母亲抬到太平间。当晚哥哥自美国飞回，到家后没有坐下，立刻要“看娘去”，我不得不告诉他母亲已去。他跌坐在椅上，停了半晌，站起来还是说“看娘去”。

父亲为母亲撰写了一付挽联：“忆昔相追随，同荣辱，共安危，期颐望齐眉，黄泉碧落君先去；从今无牵挂，斩名缰，破利锁，俯仰无愧怍，海阔天空我自飞。”自己一半的消失使父亲把一切都看透了。以后母亲的骨灰盒，一直放在父亲卧室里。每年春节，父亲必率领我们上香。如此凡十三年，直到1990年初冬那凄惨的日子，父母相聚于地下。又过了一年，1991年冬我奉双亲归窆于北京万安公墓。一块大石头作为石碑，隔开了阴阳两界。

我曾想为母亲百岁冥寿开一个小小的纪念会，又想到老太太们行动不便最好少打扰，便只就平常的了解或电话上交谈，记下几句话。

姨母任均是母亲最小的妹妹，姨父母在驻外使馆工作时，表弟妹们读住宿小学，周末假日接回我家，由母亲照管。姨母说，三姐不只是你们一家的守护神，也是大家的贴心人。若没有三姐，那几年我真不知怎么过。亲戚们谁没有得过她关心照料？人人都让她费过心血。我们心里是明白的。

牟决鸣先生已是很久不见了。前些时打电话来，说：“回想起在北大居住的那段日子，觉得很有意思，任大姐那时是活跃人物，她做事非常认真，总是全力以赴。而且头脑总是很清楚。”

在昆明时赵萝蕤先生和我家几次为邻居。那时她还很年轻，她不只一次对我说很想念冯太太。她说在人际关系的战场上，她总是一败涂地当俘虏。可是和冯太太相处，从未感到战场问题。是母亲教她做面食，是母亲教她用布条打钮扣结。有什么事可以向母亲倾诉。记得在昆明乡下龙头村时，有一次赵先生来我家，情绪不太好，对母亲说，一位军官太太要学英语，又笨又俗又无礼，总问金刚钻几克拉怎么说，她不想教，来躲一躲。母亲安慰她，让她一起做家务事。赵先生走时，已很愉快。

另一位几十年的邻居是王力夫人夏蔚霞。现在我们仍然对门而居。夏先生说：“你千万别忘记写上我的话。我的头生儿子缉志是你母亲接生的。当时昆明乡下缺医少药，那天王先生进城上课去了。半夜时分我遣人去请你母亲，冯先生一起来的，然后先回去了。你母亲留下照顾我，抱着我坐了一夜，次日缉志才出世。若没有你母亲，我和孩子会吃许多苦!”

像春天给予百花诞辰一样，母亲用心血哺育着，接引着。

亲爱的母亲的诞辰，是花朝节后十日。

后　记

编辑出版《我的父亲母亲》之前，我们曾有一小段时间的犹豫。其主要原因在于，书中所选篇目有部分作品我们无法取得其作者的准确联系方式。但基于我们的初衷，诚如前言中所提到的“这不仅是对我们上辈人乃至上上辈人的缅怀和纪念，也是对亲情的一种归依和顾念，更是在温习那个年代那种最为朴素的爱与恩中，找回我们失落多时的情感。”最终，这本小书还是带着它的使命，出现在了大家的面前。

也因此，编者在此向各位未能及时取得联系的作者致以真诚的歉意，敬请各位作者予以谅解，同时，也期待作者或亲友能尽快与我们取得联系，根据《中华人民共和国著作权法》规定，我们将对所选用的文稿予以支付相应的稿酬。

联系电话：010－58815520

联 系 人：黎老师

联系地址：北京市海淀区长春桥路 11 号万柳亿城大厦 C2 座 903 室